長編小説

ゆうわく女子寮

橘 真児

竹書房文庫

目次

※この作品は竹書房文庫のために
書き下ろされたものです。

第一章　天井裏から見た淫戯

1

むせ返るほどに濃厚な甘い香り――。

二十歳《はたち》前の女の子が身にまとうのは、ミルクたっぷりのボディソープと、蒼《あお》さの残る果実臭を融合したようなかぐわしさだ。悩ましさの強いそれを嗅がされているばかりか、衣服越しでも柔らかさの際立つ女体に抱きつかれている。

これで平然としていられる男がいたら、お目にかかりたい。

「ね、ねえ」

彼女――鹿川真穂《かがわまほ》がふんふんと鼻を鳴らしながら、からだをまさぐってくる。いきなり発情したかのようだが、実のところそうではなく、恐怖心を紛らわせようとしているのである。

そのことを、吾潟守介《あがたもりすけ》はおぼろげながら察していた。怪しいすすり泣きに怯えた直後であり、他に理由は考えられない。

何しろ、まともに顔を合わせてから、まだ二十分も経っていないのだ。一介のメンテナンス業者でしかない守介に、女子大生の彼女が恋愛感情を抱くはずがない。ひと目ぼれをされるほどの色男でもないし。

ともあれ、真穂は積極的だった。手を牡《おす》の股間にのばし、ズボン越しに性器官をまさぐってくる。

「ちょ、ちょっと」

守介は焦った。蠱惑《こわく》的なかぐわしさでふくらみかけていたシンボルが、たちまち力を漲《みなぎ》らせる。

たとえ恐怖に駆られての行動であっても、異性にペニスをさわられているのだ。そこまでされても、守介のほうからは何も手出しできなかった。息をはずませ、快《こころよ》さに腰を震わせるのみ。

それはきっと、二十四歳のこの年まで純潔、すなわち童貞を守りとおしているためであった。守るというよりも、勇気がなくて一歩踏み出せなかったのであるが。

いちおう高校生のときに彼女がいたのである。ところが、生来のヘタレな性格ゆえにキス——それも唇を重ねただけのおとなしいもの——しかできず、卒業後は進学先が別々だったため、自然消滅となった。

その後、親しいお付き合いをした異性は皆無である。あとは酔った勢いで風俗に突撃し、その場限りの快感にひたったのが一度ある程度。女体探訪にはほど遠い。

そういう情けない男であったから、愛らしい女子大生に迫られても突っ立っているのみ。これには真穂も業《ごう》を煮やしたらしい。

「ねえ、あたしのもさわって」

切なげに身をよじりながらせがむ。怯えきっていたことも、すっかり忘れてしまったのか。もはや目的は男女の行為にすり替わっていた。

(こんなエッチな子だったなんて)

名門女子大学の一年生。女子だけの世界で純粋培養されてきたのかと思えば、それなりに性愛経験は積んでいるようである。真っ昼間っからオナニーに耽《ふけ》っていたのも、あるいは欲求不満の表れだったのか。

(クソ……おれはまだ経験していないっていうのに)

馬鹿にされているような気がして、苛立《いらだ》ちが募る。だったらやってやろうじゃないかと、荒《すさ》んだ心持ちで彼女の背中に手を回した。

ズボン越しとは言え、硬くなった牡の性器を弄《もてあそ》びながら、『あたしのもさわって』と求めたのである。つまり、秘められたところをいじってほしいのだ。

そうと理解しつつも、いきなりそこをさわるのはためらわれる。守介は背中の手を下降させ、まずはジーンズのミニスカートに包まれたヒップを狙った。

むに——。

硬い布を介しても、もっちりした弾力が感じられる。こうして抱き合うと、鼻先に頭頂部が来るぐらいに小柄な女子大生も、臀部《でんぶ》はけっこうなボリュームがあった。

「あん」

小さく喘いだ真穂が、摑《つか》まれた丸みを左右にくねらせる。艶《つや》めいた反応に劣情を煽《あお》られ、守介はミニスカートを両手でずり上げた。

(え?)

うどん生地を思わせる尻肉の感触は、明らかにナマ身のそれだ。いつの間にパンティを脱いだのかと驚いたものの、細い布が指に引っかかり、Tバックだとわかった。

見た目はあどけないのに、こんなエッチな下着を穿いているなんて。もっとも、積極的で大胆な振る舞いには、いっそ相応《ふさわ》しいチョイスだ。

肌のなめらかさもたまらなく、守介は夢中になって若尻を揉んだ。谷間に指をすべり込ませると、汗ばんだのかじっとり湿っている。

「やん、エッチぃ」

真穂がなじり、手にした高まりを強く握る。いよいよ我慢できなくなったふうに両手でズボンの前を開くと、ブリーフの中に手を入れた。

「あああ」

守介は首を反らして喘いだ。いたいけな指が分身に巻きつき、背徳感の強い悦《よろこ》びをもたらしたのである。

（こんな可愛い子が、おれのチンポを！）

握られた感触から、こちらも汗でベタついているとわかる。なのに、彼女は少しも嫌悪感を示さない。それどころか、

「オチンチン、すっごく硬いよ」

舌足らずな口調で報告し、手をゆるゆると動かした。

快感が爆発的に高まり、膝がわななく。異性に勃起を愛撫されるのは、風俗嬢に続いてふたり目だか、今のほうがずっと気持ちいい。

（だったらおれも――）

思い切って秘苑に触れようとしたとき、真穂がすっと身を離した。

「ね、そこに寝て」

視線でベッドを示して促す。寝転がって、じっくりと愛撫を交わしたいようだ。

いや、その先もあり得るかもしれない。

童貞卒業の期待が高まったため、守介は少しも躊躇《ちゅうちょ》しなかった。むしろ気を逸《そ》らせ気味に、ベッドに仰向《あおむ》けで寝そべったのである。

続いて、真穂も乗ってくる。セミダブルサイズでいささか狭いが、添い寝してくれるのだと思っていた。

ところが、彼女は守介の胸を膝立ちで跨《また》いだのである。それも、顔のほうにおしりを突き出して。

ずり上げられたミニスカートはそのままだから、白いTバックを穿いたおしりがまる見えである。それだけでも胸が震えるほどにエロチックなのに、たわわな丸みが接近してきた。臀裂が割れ、谷底に細い紐状のものが見えたと思ったとき、
むにゅん──。

弾力に富むお肉が顔面を押し潰す。同時に、湿ったクロッチにめり込んだ鼻が、いささか動物的な乳酪臭を捉えた。

（ああ……）

感激と昂奮《こうふん》で、頭がクラクラする。初めて嗅ぐ女陰臭は生々しすぎるぐらいだが、女子大生の甘いかぐわしさにも通じるものがある。

そのため、少しもマイナスの感情を抱かなかった。むしろ、もっと嗅ぎたくなったぐらいだ。

「やぁん、おまんこクンクンしないで」

少しも嫌がっているふうではなく、真穂がヒップをくねらせる。卑猥な四文字まで聞かせられ、守介は気が遠くなりそうであった。

（おれ、すごくいやらしいことをしている……）

ここへ来たときには、まさかこんなことになるなんて、思いもしなかったのだ。

2

守介が大学卒業後に就職した先は、建物の点検整備を請け負う「炉縁《ろえん》メンテナンス」だ。事務職の女性はいるものの、実際の作業を行うメンテナンス部も、守介が所属する営業部も、基本的に男所帯である。

また、仕事で応対する相手も男性ばかりだ。

扱う物件は、集合住宅や商業ビルが中心である。営業部員が訪問する先の建物の所有者や、管理する不動産会社の担当者に、女性はほとんどいない。

一方、メンテナンス部の社員は、アパートやマンションの住人、またはビルを借りている店子《たなこ》など、女性と対応することもあるらしい。羨ましい限りだ。

ともあれ、ただでさえ童貞だというのに、守介は女っ気の薄い日々を淡々と送ってきた。

そんな彼が、メンテナンス部が人手不足のため、営業はいいからメンテ作業に回れと命じられたのである。

難色を示したのは、もともと肉体労働は向かないと思い、営業部を希望したからだ。しかし、上司の命令は絶対である。

『若いから、仕事もすぐに覚えられるだろう』

などと根拠のない決めつけとともに、現場へ送り出される。分厚いマニュアル書と、メンテナンス道具一式を持たされて。

顧客へ説明するときに必要だから、現場の作業について、ひととおりのことは知っている。だが、知っているのと実際にするのでは、雲泥の差がある。正直、自信はこれっぽっちもなかった。

まあ、どうしても対処できなかったら、会社にヘルプを求めるしかない。そうすれば、経験豊富な人間を回してくれるだろう。

不安を胸に訪れたのは「白薔薇《しろばら》寮」。鉄筋四階建ての建物は、大学の寮だと聞かされていた。

それがまさか、女子大の寮だったなんて。

（そうか。これは『白バラ』って読むのか）

今さら気がついたのは、メンテ作業に回されたのが不満で、建物の名称をはっきり確認しなかったからだ。そのため、「薔薇」の「薇」の字が「黴《かび》」に見え、なんだか薄汚い名前だなと思い込んだのである。

ところがどっこい。薄汚いどころか、二十歳前後の若い娘たちのみが住むここは、まさしく花園と呼ぶに相応しい。外観も新しいから、中はどこもかしこも甘ったるいかぐわしさに満ちているのではあるまいか。

女っ気に乏しい日々を送る童貞ゆえ、守介は天国に来た心地であった。いや、死んでいるわけではないから、むしろユートピアか。

（こんないいところに派遣してくれるなんて、恩に着ます！）

恨んでいたのも忘れ、上司に感謝する。

なお、寮を所有する大学の名前は、紅薔薇《べにばら》女子大学とのこと。いかにも名門っぽいし、耽美かつ甘美である。

【純白の乙女《おとめ》たちよ
麗《うるわ》しき学び舎《や》で
鮮やかに咲き誇りなさい】

寮の玄関に入ると、ホールの正面に寮訓らしきものが掲げてあった。無垢《むく》な白バラたちが、大学で知識という色を身にまとい、成長するという意味らしい。だから寮が白で、学び舎が紅なのか。

だが、浮かれ気分の守介には、白と赤を混ぜるとピンクになるなという解釈をした。ピンクと言えば唇、乳首、そしてアソコと、妄想がふくれあがる。脳みそはすっかり桃色であった。

(この建物に、たくさんの女子大生がいるのか)

公《おおやけ》の場では清楚な装《よそお》いで、品のある振る舞いをする彼女たちも、プライベートな空間であるここでは素を出すのだろう。言動だけでなく、外見も含めて。

寮では当然着替えるし、シャワーも浴びる。下着姿や、それ以上にエロチックな恰好でくつろぐのだ。

もしかしたら、女らしく成長したカラダを持て余すこともあるのではないか。ひとりで恥ずかしいところをまさぐるときには、はしたない声を洩らさないよう我慢するに違いない。

などと、女子大生の自慰シーンまで想像し、いよいよたまらなくなる。女体に縁がなく、愛読書はもっぱらエロ本だから、思考がそっち方面に向かうのは致し方ない。

とは言え、真面目に仕事をしないとどやされる。

「ごめんください。炉縁メンテナンスから参りました」

無人の玄関ホールに向かって声をかける。時刻はお昼過ぎ。学生たちは大学で学んでいるのだろう、ひとの気配が感じられない。

誰もいないのかなと思ったとき、玄関脇のドアが開いた。

このとき、もしも目の前にあられもない姿の寮生が出てこようものなら、理性を無くして襲いかかったかもしれない。ところが、実際に現れたのは、ピチピチの女子大生とは真逆の存在であった。

「あなたがメンテナンスの方？」

五十路《いそじ》前後と思《おぼ》しき女性。小学校のときに担任だった怖い女の先生を思い起こさせる、キツい目つきと眉間のシワ。服装もかっちりしたスーツ姿だ。もちろん、暴れん坊のムスコもおとなしくなる。

訝《いぶか》る眼差《まなざ》しを向けられ、守介は即座に直立不動となった。


「は、はい。炉縁メンテナンスから参りました」

焦りつつも名刺を差し出し、写真入りの社員証も提示する。

「わたくしは白薔薇寮の管理を担当しております、佐巻《さまき》と申します」

彼女は頭を下げつつも、こちらを値踏みするみたいにジロジロと見る。陰嚢《いんのう》が縮みあがる心地がした。

「さ、佐巻さんも、こちらにお住まいなんですか？」

四六時中見張られるのかと恐れおののいたのであるが、管理人の佐巻女史は「いいえ」と首を横に振った。

「わたくしはお昼頃に参りまして、夕方、寮長と引き継ぎをしたら帰ります。不在のあいだ、寮内のことはすべて寮長に一任しておりますので」

パートタイム的な勤務らしく、ここにいるのは限られた時間のようだ。

「あの、寮長というのは？」

安堵して訊ねると、佐巻女史は相変わらず鋭い眼差しのまま答えた。

「四年生の東城心海《とうじょうここみ》さんです」

何でも、寮のことは学生の自治に任せるのが、大学の方針だとのこと。そのため、なるべく口出しをしないようにしていますと、彼女は説明を加えた。

「ただ、建物の不具合など、学生では対処しようのないことについては、わたくしが業者さんに依頼することになっています。今回、そちら様にメンテナンスをお願いしたのもわたくしです」

「そうだったんですか。ええと、ご依頼の書類を拝見したのですが、水漏《みずも》れが数カ所と、あと、壁の中から妙な音がするとか」

守介が確認すると、佐巻女史が「そのとおりです」とうなずく。

「この寮は歴史がありまして、建物自体、昭和に建造されたものになります。築五十年は経っているはずで、老朽化が著《いちじる》しかったものですから、二年前にリフォームされました」

ワンフロアずつ、時間をかけて直したらしい。どおりで見た目が新しいわけだ。

オフホワイトの外壁はくすみもなく、一見して建ったばかりなのかと思ったほど。これでメンテナンスが必要なのかと、正直不思議だったのである。

内部も床から壁から、すべて張り替えられているようだ。佐巻女史の話では、特に水回りを中心に、施設全般を新しくしたとのことだった。

「だったら、水漏れが起こるなんて奇妙ですね。手抜き工事だったとか？」

「そこまではわかりませんし、頻繁に起こるわけではないのです。雨など降ってもいないのに、壁の一部にシミができる程度で」

そうすると雨漏りではなく、内部の配管に問題があるのか。場所さえ特定できれば、作業そのものは難しくなさそうである。

「建物の図面はありますか？」

「こちらにすべて用意してあります」

案内されたのは、彼女が出てきた部屋だった。

カウンターに花が置かれていたために気がつかなかったが、玄関に面して横長の小窓がある。受付も兼ねた事務室のようだ。

さほど広くない室内にはデスクがふたつ、向き合って置かれていた。他にはスチール棚があるぐらいで、普段、佐巻女史はここにいるとのこと。

「先ほども申し上げたとおり、わたくしは午後しかおりませんが、何かありましたらこちらに報告してください」

そう言って、使われていない方のデスクに置かれた新旧の図面や、何かのリストらしき書類を広げた。古いのはここが建てられた当時の設計図で、新しいのはリフォームしたときのものだという。

新しい図面を広げて確認すると、四階建ての寮は一階の一部に四部屋、二階よりも上のフロアに十二部屋ずつあった。合計で四十部屋だ。

「部屋は個室なんですか？」

「そうです。以前は二人部屋だったのですが、入寮する学生が減ったために、ひとり部屋になりました。寮での団体生活よりも、マンションやアパートでの独り暮らしを好む学生が増えましたので」

寮に入りたがるのは、とにかく家賃を安くしたい地方出身者が多いそうだ。四十部屋のうち、空き室はふたつほどだという。

部屋の広さはすべて六畳。ふたりだと手狭でも、ひとりなら充分だろう。

ただ、部屋には何もついていない。その代わり、各フロアに人数に応じたトイレとシャワー室、給湯室を兼ねた簡素な炊事場があり、一階には洗濯室もあった。

「かつては寮生のための食堂や、大浴場もあったそうです。けれど、食堂は採算が取れなくなったので早くに廃止して、今はお風呂もシャワー室になりました」

一階にある広いレクリエーションルームや談話室は、食堂や大浴場だったところなのだろう。そう思って古い図面と照らし合わせたところ、間違いなかった。地下のボイラー室は生きており、各階のシャワー室へお湯を供給しているようである。

食堂がなくても、食べ物はコンビニや外食で事足りる。それに、若い世代は風呂に入らず、シャワーで済ませる者のほうが多いと聞く。かく言う守介もそうだ。

昔からの設備を一新したのは、時代に合っているし合理的である。これなら入寮者の減少にも歯止めがかかるのではないか。

聞けば、月々の家賃は光熱費込みで、一般的なアパートの半分以下だという。大学までも歩いて十分とかからない。

(そんなに安いなら、おれも住みたいな)

守介は密かに望んだ。ここの学生でもない上に男だから、もちろん無理に決まっているのに。

そういう男子禁制の場所に、ほんの一時とは言え入ることができるのだ。もっとも、動ける範囲は限定されていた。

「床下や壁の中、天井裏を見ていただくことになると思いますけど、くれぐれも学生たちのプライバシーを暴くような真似はしないでくださいね。そちらの会社を信頼して、お仕事を頼んでいるのですから」

釘を刺されて、守介は神妙な面持ちで「わかりました」と答えた。

行動を怪しまれ、通報でもされた日には、クビは確実だ。逮捕される事態になれば人生を棒に振り、身の破滅である。

(覗きなんて厳禁だからな)

調査と点検作業に入る前から、守介は自らに言い聞かせた。そうしておかないと、道を誤りかねない。

「これまでもシャワーの不調など、メンテナンス関係はすべて業者任せでしたので、わたくしは寮の造りがどうなっているのかさっぱりわかりません。この図面でおわかりでしょうか？」

佐巻女史の質問に、守介は「そうですね」と答えた。

「ここにすべて載っていますし、リフォーム箇所もリスト化されていますので」

「それなら、お任せしてもだいじょうぶですね」

「ただ、修理が必要な箇所が見つかって、たとえばそこがトイレやシャワー室の裏側だった場合、作業が終わるまで該当する場所の使用を中止していただくこともあるかと思います」

「そのぐらいはかまいません。寮生たちも、トラブルが完全になくなることを願っておりますので」

水漏れや異音程度のことで、トラブルとは大袈裟である。

「そう言えば、壁の中から妙な音がするというのは、具体的にどのような音なんでしょうか？」

思い出して訊ねると、佐巻女史が渋い顔を見せる。

「わたくしは聞いたことがないのですが、実際にその音を耳にした寮生が言うには、女性のすすり泣きみたいだったと」

「え、すすり泣き？」

守介はギョッとした。いかにも心霊じみた話だったからだ。

そして、それはあながち間違ってもいなかった。

「別の寮生は苦しそうな呻《うめ》き声だったとか、いや、か細い悲鳴だったとか、証言がバラバラで。とにかく、不気味なものだという印象は一致しているようです」

「あの……まさかとは思いますけど、かつてこの寮で不慮の事故死があったとか、自殺した寮生がいるなんて話はないですよね」

恐る恐る確認すれば、ギロリと睨《にら》まれる。守介が何を言いたいのか、すぐさま理解したのだろう。

「ありません。少なくとも、わたくしの知る限りでは」

これまた、やけに限定された返答だ。つまり、知らないところであったかもしれないということではないか。

「佐巻さんがこちらの寮の管理をなさるようになって、どのぐらい経つんですか？」

「リフォームされたあとですから、二年弱でしょうか」

守介はガクッと膝を折りそうになった。つまり、ここに住む三年生や四年生よりも、昔のことを知らないのである。

「まだ日は浅いですが、この寮ができて以降の記録には、すべて目を通しています。かつては学生の寮長とはべつに大人の寮監がいて、日誌も細かく書かれてありましたから」

佐巻女史がスチール棚に視線を向ける。そこには彼女が口にした日誌と思しきものが、ずらりと並んでいた。背表紙に書かれた年号からして、寮ができた当初からのものがあるようだ。

（これを全部読んだっていうのか？）

おそらく、学生の訴えを聞いて不安になり、過去に何があったのか調べたのではないか。でなければ、こんなにたくさんある古い日誌を、わざわざ開く気にはならないだろう。

「だけど、これが建つ以前のことはわかりませんよね？　たとえば、かつては墓地だったとか、江戸時代の刑場跡地だったとか」

一瞬、返答に詰まった佐巻女史であったが、自らを納得させるみたいにかぶりを振った。

「それもあり得ません。由緒正しき紅薔薇女子大学が、そんな怪しい土地に寮を建てるはずがありませんから」

寮の母体たる大学を、心から信頼している様子である。

「ひょっとして、佐巻さんも卒業生なんですか？」

「そうです。寮生ではありませんでしたけど、紅薔薇の学生に不幸があったという話は、同窓会報にも載っていませんでした」

どおりで大学のことをよく知っているわけだ。ただ、仮に事件や事故があったとしても、卒業生にわざわざ伝えるはずがない。同窓会報は三流ゴシップ誌ではないのだから。

「とにかく、今の若い子たちはちゃんと調べもしないで、根も葉もない噂を信じるんです。誰かが想像や臆測で話したことを、事実だと思い込んで。本当に困ったものです。

すわ」

どうやら怪しい音のせいで、霊的な噂がまことしやかに語られ、寮生たちのあいだに広まっているらしい。

あるいは水漏れも、それと関連づけられているのではないか。たとえば、井戸に身投げしたビショビショの女が、夜な夜な徘徊しているといったふうに。

そんな話がネットの掲示板などに転載されたら、入寮者が減る恐れがある。へたをすれば、入学希望者だって。

わざわざメンテナンス業者を頼んだのは、そういう噂話が出鱈目《でたらめ》だと証明するためもあるのではなかろうか。

（だとしたら、責任重大だぞ）

ここはきっちりと原因を突きとめ、対処せねばなるまい。

だが、本当に霊的なものが関わっていたらどうすればいいのか。いささか不安にも駆られる。

幽霊なんて絶対に存在しないと断言できるほど、守介はリアリストではなかった。そのため、もしやという思いを拭《ぬぐ》い去れなかったのである。

「必要な鍵《かぎ》などは、ここのキーボックスにあります。この事務室も、わたくしが不在のときは施錠しますけど、鍵をお渡ししておきますね」

そう言ってから、佐巻女史が念を押す。これまでにない険しい顔つきで。

「学生たちの部屋に合鍵で侵入することなどないよう、くれぐれもお願いしますよ。洗濯室の私物にも、絶対に手を触れないように」

「わ、わかりました」

彼女の迫力に気圧《けお》された守介は、あまり信用されていないのかと心配になった。

(ひょっとして、童貞だと見抜かれてるんだろうか)

女を知らないから欲望に負けて、おかしなことをするかもしれないと危ぶまれているのだとか。それこそ下着をあさって盗みそうだと。

勝手な想像をして、守介はひとり落ち込んだ。こんなことならソープにでも行って、さっさと経験すればよかったと悔やんだのである。

3

佐巻女史の話では、水漏れと異音は一階と二階のみで、三階以上では起こっていないという。

（やっぱり雨は関係ないみたいだな）

守介は考えた。雨漏りなら上の階で起こるはずだからだ。

もっとも、少量の雨が壁の内側を伝って滴《したた》り、下の階で溜まって染み出すとも考えられる。とにかく場所を特定する必要があった。

（まずは床下だな）

一部を除いて、壁の内側にひとが入れるスペースはない。例外は、もともと食堂や大浴場だったレクリエーションルームと談話室で、お湯やガスの配管が通っていたところがいくらか空いている。そこへは床下から入れそうだ。

守介は広げた図面をタブレットで撮影した。

狭いところで大きな図面を確認するのは難しい。よって、必要なときにはタブレットに保存した写真を見るつもりだった。拡大もできるし、暗い場所でもライトで照らさなくて済む。

事務室の奥に狭いロッカールームがあり、守介はそこを借りて紺色の作業着に着替えた。とりあえずどんな感じかチェックするつもりだったので、必要最小限の道具をウエストバッグに入れ、「点検中」のフロアスタンドも準備した。

「では、ちょっと見てきます」

「お願いいたします。あ、わたくし、本日は早めにおいとまさせていただきますので、終わったときにわたくしが不在でしたら、先ほどお渡しした鍵で事務室を施錠してお帰りください」

「わかりました。その場合、現状報告やメンテナンスの予定については、明日以降のお伝えでよろしいですか？」

「ええ、かまいません」

「承知しました」

「もしも急用などありましたら、寮長の――」

彼女が言いかけたとき、事務室のドアがノックされた。

「失礼いたします」

挨拶をして入ってきたのは、大学から帰ったばかりと思われる女子学生であった。

グレイのパンツに水色のシャツという地味な装い。染めていない黒髪はストレートで、銀縁のメガネときりっとした顔立ちから、お堅い印象を受ける。

「ああ、ちょうどよかったわ。こちらが寮長の東城心海さん」

紹介され、守介はなるほどと納得した。いかにも真面目そうだし、寮を取り仕切るのに相応しい。

「寮長は責任が重大で、雑事もあるから、学生は誰もやりたがらないんです。その点、東城さんは自分から立候補してくださったんですよ」

佐巻女史が説明する。自ら面倒なことを引き受けるなんて。心海は真面目なだけでなく、ボランティア精神の持ち主でもあるらしい。

「東城さん、こちらは炉縁メンテナンスの吾潟さん。寮の水漏れや怪しい音を調べてくださるのよ」

「そうなんですか。初めまして、東城です。よろしくお願いいたします」

丁寧に頭を下げられ、守介は恐縮した。

「こ、こちらこそ」

大学四年生でも、おそらく年下であろう。なのに、やけに緊張して、うわずった声で挨拶を返す。佐巻女史と同じく、教師っぽい気難しさを感じたのだ。

そのとき、心海の目つきが変わった。

（え？）

戸惑ったのは、彼女の眼差しに侮蔑《ぶべつ》の色が浮かんだように見えたからだ。

（……まさか、おれが童貞だってわかって、馬鹿にしているのか？）

などと勘繰ってしまったのは、未だにチェリーであることにコンプレックスがあるためだ。

とは言え、寮長を務める真面目な女子大生だって、きっとバージンに違いない。軽蔑されたなんてのは気のせいだろう。

「吾潟さんは、これから建物の中を見てくださるそうです。わかったことは明日にでも報告していただきますが、もしも急を要することがありましたら、東城さんがお話を伺っておいてください」

「わかりました」

「吾潟さん、東城さんの部屋は一階の一〇一号室です。用事がありましたらそちらにお願いします」

「は、はい」

「来るのはいいんですけど、ちゃんとノックしてくださいね」

心海の言葉が自分に向けられたものであると、守介はすぐにはわからなかった。口調がやけに刺々《とげとげ》しかったし、敬語を使いつつもタメ口のように感じられたからだ。

「そのぐらいわかってます」

信用されていないのだとわかり、いささかムッとする。おかげで緊張が解けたのは幸いだった。

「では、さっそく床下に入ります」

ふたりに言い置いて、守介は事務室を出た。

（……ちょっと大人げなかったかな）

すぐに反省したのは、心海に強い口調で言い返したことについてだ。

彼女は年頃の女の子で、しかもここは女子寮なのである。本来なら男が入り込める場所ではなく、警戒されるのも当然と言えよう。

まして、推測どおりにバージンであったら、男に部屋を訪ねられるのはかなり抵抗があるはず。

もう少し慮《おもんぱか》ってあげればよかったかなと思いつつ、一階を奥へ進む。学生たちの部屋が廊下の片側に並んでおり、そこを過ぎると廊下を挟んで左右にレクリエーションルームと談話室があった。談話室の並びには、トイレとシャワー室の他、洗濯室もある。

床下に入る入り口は、洗濯室の中にあった。

トイレやシャワー室でなくてよかったと、守介は胸を撫で下ろした。そんなところに入るところを見られたら、間違いなく痴漢と間違われただろう。

それでも、汚れ物を洗うところであり、特に女性にとってはプライベートな場所と言える。曇りガラスのはめ込まれた引き戸を、守介は念のためノックした。

「失礼します」

反応がないのを確認して戸を開ける。中には誰もおらず、洗濯機や乾燥機が奥の壁際に並んでいた。規模としては小さなコインランドリーぐらいか。

コインランドリーは、守介もよく利用する。そこは洗剤の残り香と、乾燥機で乾かされた衣類の匂いがした。

女子寮の洗濯室はそれにプラスして、ミルクのような甘い香りが満ちている。

(女の子の匂いだ……)

このとき、守介の脳裏に蘇《よみがえ》ったのは、十代の頃の記憶だった。

中学高校と、同級生の少女たちの近くを通ったとき、甘ったるくも悩ましい香りを嗅ぐことがあった。シャンプーやコロンといった人工的なものに加え、彼女たち自身のかぐわしさも多分に含まれていただろう。

高校生のときにちょっとだけ付き合った彼女も、そばにいるとやはりいい匂いがした。それによって劣情が高められ、抱きしめたくなったこともしばしばだ。ヘタレゆえ、行動には移せなかったけれど。

ともあれ、記憶の中にある甘美な芳香と、洗濯室に漂うそれは繋《つな》がるものがあった。

より生々しいというか、いささか動物的な濃厚さも感じられるのは、女子大生は肉体が成熟して、より牝《めす》へと近づいているからか。

守介はうっとりせずにいられなかった。深呼吸でもするように、洗濯室内にこもる女くささを深々と吸い込む。

そのとき、隅に置かれた小さなワゴンが視界に入った。【忘れ物】と書かれた紙が貼ってあり、心臓がひときわ大きな音を立てる。

(忘れ物ってことは——)

当然ながら、この洗濯室を利用する者、すなわち女子大生たちが落とすなり、取り出し忘れるなりしたものなのだ。

そういうのは決まって小物の類いである。大きなものであれば持参する枚数は限られるし、忘れてもすぐに気がつく。小さくて数のあるものがその場に残され、ワゴンに入れられることになる。

すなわちハンカチや靴下、それから下着だ。

守介はコクッとナマ唾《つば》を呑んだ。もしかしたら、あそこに女子大生の下着があるかもしれない。それも最も恥ずかしい部分に喰い込んでいたもの——パンティが。

そう考えたら矢も盾もたまらなくなり、早足でワゴンに近づく。中を覗けば案の定、半分以上は靴下であった。

それに埋もれるようにして、レースで縁取られたものが見えた。色は淡いピンク。

(あった!)

反射的に手をのばそうとして、守介は思いとどまった。まずは室内を見回し、引き戸が閉まっていることと、監視カメラがないかを確認する。

街中のコインランドリーなら、監視カメラは当たり前にある。不正行為の有無や、好ましくない使われ方をしていないか、店の経営者がチェックするために。

しかしながら、ここは女子寮内の洗濯室である。問題を起こすことはそうないだろう。むしろ学生たちのプライバシーが優先されるのではないか。

事実、監視カメラは見当たらなかった。

ならば誰もいない今のうちにと、桃色の薄物を引っ張り出す。その直後、洗濯室の引き戸がいきなり開いたのである。

守介は心臓が止まるかと思った。

咄嗟《とっさ》に手にしたものをポケットに突っ込んだところで、入ってきた人物にまた驚く。ジーンズに大きめのTシャツ、パーカーを羽織ったラフな装いは、寮生であろう女子学生だったのだが、

（え、沙也加《さやか》じゃないか？）

目を見開き、まじまじと見つめる。向こうも怪訝《けげん》な面差しを浮かべていたが、

「あっ」

気がついたらしく、口を開いて声を洩らした。

逸森《いつもり》沙也加は、母方の従妹《いとこ》だ。子供の頃は互いの家を行き来することも多く、交流も頻繁だった。

『お兄ちゃん――』

沙也加は守介をそう呼び、仔犬みたいに懐《なつ》いていた。ひとりっ子の守介も、三つ下の従妹を本当の妹みたいに可愛がっていたのだが、それは彼女が中学生になる前の話である。

異性を意識する年頃になれば、従兄になど甘えない。学業や部活動で忙しくなったこともあってか、沙也加が遊びに来ることはなくなった。

最後に会ったのは、彼女が中学二年生のときではなかったか。目がくりっとした愛らしい面立ちはそのままながら、やけに余所余所《よそよそ》しい態度を取られた。

そればかりか、話しかけてもそっぽを向かれ、守介は傷ついた。自分は親戚の女の子に嫌われるぐらいキモいのかと、劣等感にも苛《さいな》まれた。

かくして、交流はぱったり途絶えていたのだ。

沙也加が女子大に入ったのは母親から聞かされていたが、それが紅薔薇女子大学だとは知らなかった。まさか、こんなところで再会するなんて。

「何してるのよ、守介!?」

目を吊り上げられ、思わず身を縮めたのは、女子大生の忘れ物に手を出すという不《ふ》埒《らち》な真似をした直後だったからだ。しかし、

(え、守介?)

従妹から呼び捨てにされたのだと気がついて、大いに戸惑う。昔みたいに「お兄ちゃん」と呼べとは言わないが、せめて「君」ぐらいは付けてほしい。

「沙也加はここの大学だったの?」

窃盗まがいのことをしたとバレないよう、再会を懐かしむふうに声をかければ、

「馴れ馴れしく呼ばないで」

ピシャリと撥《は》ねつけられ、睨みつけられる。取り付く島もない。

「そんなことより、ここで何してるのよ? 女子寮だよ。家族以外、男のひとは立入禁止なんだから。しかも洗濯室にまで入り込んで。なに、下着でも盗むつもり?」

まくしたてられてうろたえたのは、実際に忘れ物の衣類に手を出したあとだったたか

らだ。

「ち、違うよ。仕事なんだ」

守介は首から提げていた社員証を見せた。

「おれはメンテナンス会社に勤めてて、水漏れやおかしな音がするからって、点検を頼まれたんだ」

焦って説明すると、沙也加が眉をひそめる。不信感をあらわにしつつも、いちおう納得してくれたようだ。

「だったら早く調べなさいよ、グズなんだから！」

罵《のの》られ、急いであたりを見回す。

床下への入り口——点検口はすぐに見つかった。一辺が六〇センチほどの、正方形の上げ蓋だ。

守介は蓋を外し、点検中と書かれたフロアスタンドを立てると、急いで中に足を入れた。身を屈める前に従妹を振り仰ぎ、

「ところで、沙也加はヘンな音とか聞いたの？」

現状を確認するべく質問しただけなのに、なぜだか彼女は顔色を変えた。

「知らないわよ、バカッ」

憤慨をあらわにされ、守介は慌てて床下にもぐり込んだ。

（……なんだってんだ、まったく）

高さ一メートルもないところで膝をつき、理不尽な扱いに今さら腹を立てる。

沙也加は大学三年で、二十一歳のはずだ。立派な大人である。なのに、どうして久しぶりに会った従兄に食って掛かるのか。

（まだ反抗期が終わっていないっていうのかよ）

そこまでひねくれた子ではなかったと思うのだが。

中学生のときに会ったきりでも、すぐに誰だかわかったぐらいに、顔立ちは大きく変わっていない。身長は伸びて、年齢相応に大人びた印象だ。

なのに、肉体の発達に精神的な部分が追いついていないようだ。あるいは、女ばかりの中にいるせいで、男に対する警戒心が強くなっているのか。寮長の心海もそうであったし。

呼び捨てにされた挙げ句、グズだのバカだのと下に見られたものだから、守介は少なからずショックを受けていた。幼い頃は懐かれていたぶん、どうしてなのかという困惑が拭い去れない。

それでも仕事をしなければならず、頭に付けたライトを点灯させ、コンクリートの床を四つん這いになって進む。前もって頭に入れたとおりに配管が通っていたから、迷うことはなかった。

全面改装したあとだからか、床下も綺麗である。上下水道の配管や、電気関係の配線も整然としており、古いものは見当たらない。すべて新しくしたのだろう。

おかげで、床下にもぐっているのに、不快な感じは持たなかった。

配管をくまなく確認しても、水の漏れた形跡はない。コンクリートの床にも水溜まりはなかった。

もっとも、水漏れの訴えがあったのは、学生たちの部屋があるところだ。そのとき守介がいたのは、おそらくレクリエーションルームの下であった。

(こっちでいいんだよな)

タブレットで図面を見、周囲の配管と照らし合わせて、現在位置を確認する。どうやら間違っていない。

さっきの話では、寮長の心海は一階に部屋があるらしい。つまり、本人の見えないところで接近が可能なのである。

まあ、壁があるから何も見えないのだが。

それでも、音ぐらいなら聞こえるかもしれない。ゲップやオナラなど、年頃の乙女なら絶対に聞かれたくないものも。

そんなことを考えたらモヤモヤして、おかしな気分になってきた。狭い暗がりを進むことで、知らぬ間に覗き魔の心境に陥っていたのか。

(あ、そう言えば)

不意に思い出す。洗濯室で手に入れた、忘れ物のインナーを。

慣れない姿勢で疲れたこともあり、小休止のつもりで床に坐る。ポケットに入れた薄物を取り出せば、思ったとおりにパンティであった。

誰のものかなんてわからない。けれど、ピンク色の可憐な下着に、きっと可愛い子が穿いていたのだと守介は確信した。その子のおしりやアソコに、これは密着していたのである。

矢も盾もたまらず鼻面《はなづら》に押し当てたものの、残念ながら洗ったあとのものだった。洗剤の残り香がわずかに感じられたのみ。

ならばと裏返して、恥ずかしい部分に喰い込んでいたところを観察する。

ヘッドランプに照らされたクロッチの裏地は、白い綿布が縫いつけられてあった。かなり愛用されたものなのか、細かな毛玉が目立つ。よく見ると、裾《すそ》のレースも一部ほつれていた。

そして、中心が何かこすれたみたいに黄ばんでいたのである。

（ここに女性のアソコが――）

心臓の鼓動が大きくなり、海綿体に血液が殺到する。操られるみたいにクロッチを嗅ぎ回れば、わずかながらミルクのような甘ったるい成分が感じ取れた。

洗剤の香料とは明らかに異なるかぐわしさに、劣情がふくれあがる。硬くなったイチモツをその場で摑み出し、猛然としごきたくなった。

（いや、駄目だろ）

すんでのところで思いとどまる。そんなことをしたら、自分が奇妙な音の発生源になってしまう。

水漏れとまではいかずとも、ザーメンを飛び散らせるのだって好ましくない。今度は栗の花の匂いがするなんて訴えが出るかもしれない。

理性をフル発動して情欲を抑え込み、守介はパンティをポケットにしまった。これは今夜のオカズにしようと、愉《たの》しみはあとに取っておく。

改めて前進すると、いきなり天井が高くなった。

（あれ？）

図面を確認すれば、そこはレクリエーションルームと個室の境界部分のようだ。

ゲームなどに興じる学生たちの声が個室に響かないよう、あいだを空けているのか。人間ひとりが苦労せず通れるぐらいの幅があった。

だったら防音材でも詰めればいいのにと思い、もう一度図面を確認して首をかしげる。そこには、こんな空きスペースなどなかったのだ。

どういうことなのかと疑問を抱きつつ、裏道のような狭まりを外壁方向に進む。突き当たりに、金属製のはしごが取り付けられてあった。見あげたところ、個室の天井裏へ行けるようになっている。

どうやら境界部分の空間は、点検がしやすいようにとこしらえたものらしい。だったら図面に書いてあってもよさそうなのに。あるいはリフォーム中に施工主からの依頼があって、こんな造りにしたのだろうか。

ともあれ、守介にとっても調べやすいから都合がいい。

ではさっそくとはしごを上り、天井裏を見渡す。そこは二階の床下でもあり、配管の他に換気用のダクト、天井のボードを吊す支柱もあって、かなり入り組んだ眺めであった。

そんな中にぽっかりと、洞窟のような空きスペースがあった。点検用の通路らしい。もちろん立って歩くことはできず、四つん這いにならねばならない。

(クッション付きの膝当てを持ってくればよかったな)

守介は悔やんだ。ずっと膝をついて進むとなると、からだへの負担が大きい。まして、肉体労働には慣れていないのだ。

それでもやらねばならないと、狭いところへ入り込む。天井を踏み抜いてはならないと、慎重に進む。

(あれ?)

守介はすぐに気がついた。点検用であろうその通路が、やけにしっかりした造りであることに。

膝と手をついているところは、鉄骨のあいだに渡した建材らしい。それもかなり丈夫で、軋《きし》み音ひとつ立てない。おまけに、弾力のある厚手のシートを貼っているようで、恐れていた膝の痛みはまったくなかった。

ただの点検用とは思えない造りに、守介は訝った。

そもそも、頻繁に出入りするところではないのだ。多くても年に一度がせいぜいだろう。わざわざ丁寧な造りにするなんて、お金の無駄である。

(改築の予算が潤沢だったのかな?)

あるいは、リフォーム前にたびたび点検していたものだから、何かあったときを考えて、調べやすくしておいたのか。

それにしては、もうひとつ気になることがある。

(ここ、やけに綺麗だな)

リフォームしたのは一昨年とのことだから、二年ぐらいしか経っていない。それでも多少は埃《ほこり》が溜まるだろう。なのに、塵《ちり》ひとつ見当たらなかった。

もしかしたら、自分の前にも調査点検した業者がいたのだろうか。それでも原因が突きとめられなかったから、炉縁メンテナンスに依頼したのだとか。

しかし、だったら佐巻女史がそう言うはずである。

気にするほどのことじゃないかと思い直したとき、いきなり通路の脇が光ったものだから、守介はドキッとした。

(え、何だ?)

光ったわけではなく、下からの光が洩れているのだとわかった。

(寮生が帰ってきたんだな)

部屋の明かりを点けたために、光が天井裏に洩れたのだ。ひょっとして、穴でも空いていたのか。

顔を近づけて確認し、そうではないとわかる。直径三センチほどの穴があったのは確かながら、そこにはガラスのようなものが嵌《は》め込まれていた。明らかに、室内を覗くためのものだ。

　こんなものがあれば、さすがに部屋の主《あるじ》に気づかれるのではないか。そうでないとすれば、室内側は何かでカムフラージュされているか、マジックミラー的に、こちらからしか見られないようになっているのだろう。

（いったい誰がこんなものを？）

　リフォーム業者が覗き目的で、こっそり取り付けたのか。あるいは、学生を監視するためにと大学側が。

　どちらにせよ、天井裏に来なければ室内を見ることはできない。そのためには洗濯室の床下に入るしかなく、そうなると侵入できる人間は限られる。

（やっぱり大学の人間なのかも）

　いくら教育する立場にあるとは言え、これは明らかにやり過ぎだ。学生のプライベートに立ち入る資格などないはず。

　それとも、この部屋の学生の親が、娘が心配だからとリフォーム業者にいくらか握らせ、監視するための覗き穴を作らせたのか。

（いやいや。親だったらわざわざ天井裏なんかに忍び込まなくても、抜き打ちで部屋

をチェックすればいいじゃないか）

そもそも、我が子がどの部屋に入るのかまで、事前にわかるとは思えない。

いくら考えても目的が不明で、守介はとりあえず、どんな子が住んでいるのか確認することにした。それで何かわかるかもしれないと考えたのだ。

（金持ちのお嬢様っぽい子だったら、親が監視するのもあり得そうだからな）

あくまでも調査のためと、女子大生の部屋を天井から覗く。いくらかの罪悪感はあったものの、もしも違法なものだったら通報しなければならない。これは必要な調査なのだと自らに弁明した。

部屋にいたのは小柄で童顔の、少女っぽさの残る子であった。そこまで直《ただ》ちにわかったのは、ほぼ真下にあるベッドに仰向けで寝転がっていたからである。疲れていたのか、帰ってすぐ横になったらしい。

見える範囲の室内は、特に高級そうなものなど置いていない。本人が着ているのもジーンズのミニに暖色のジャケットと、ごくシンプルだ。

（お嬢様って感じじゃないな）

そもそも育ちがいい子なら、帰ってすぐに寝転がったりしまい。あくまでも守介の印象というか、思い込みであったが。

それに、顔立ちも庶民的な愛らしさである。こんな子が彼女だったら、きっと毎日楽しくて、ウキウキするに違いないと思えるほどに。

ということは、この子の秘密を暴くために、こんな覗き穴をこしらえたのか。そこまで考えたところで、ベッドの上の女子大生が身をもぞつかせる。それも、あどけない外見には不釣り合いな色っぽさで。

(え?)

胸をときめかせて見守れば、からだの側面にあった手が下半身へとのばされる。太腿《ふともも》が半分以上もあらわになっていたミニスカートを、そろそろとたくし上げた。

程なく、純白の下着が一部分を覗かせた。

しなやかな指がそこにのべられる。敏感な部分をかろうじて隠すクロッチに触れるなり、若い肢体がピクンとわなないた。

『あ……』

艶めいた声が聞こえた気がした。

愛らしい女子大は瞼を閉じ、唇を半開きにしている。白い前歯がウサギみたいだ。

ゴクッ――。

喉が浅ましい音を立てる。

守介が瞬時に劣情モードになったのは、ついさっき、薄桃色のパンティに魅せられたことと無縁ではなかったろう。家に帰ってからゆっくり愉しむつもりでいたところに、またも最高のオカズが現れたのだ。

(女の子もオナニーをするのか)

知識としてはあったものの、ソースがエロメディアだったため、半信半疑だったのである。しかし、実際の行為を目の当《ま》たりにした以上、信じないわけにはいかない。

小刻みに指を動かし、身をくねらせる美少女。すでに成人年齢ではあっても、あどけない見た目は少女そのものだ。

そんな子が、自らの指で快感を追い求めるなんて。

ブリーフの中で、守介のペニスははち切れそうに疼《うず》いた。その場でしごきたくなったものの、妙な動きをしたら天井が軋み、気づかれるかもしれない。

ここはしっかりと目に焼きつけ、パンティと同じくオカズにしよう。そう考えて目を見開き、守介は眼下の光景を凝視した。

名も知らぬ女子大生が、パンティ越しに秘苑を摩擦する。もう一方の手がインナーの裾から胸元に入り、なだらかな盛りあがりの乳房も愛撫した。

喘ぎ声は聞こえない。最初に聞こえた気がしたものは、ただの錯覚だったらしい。

女性のあられもない姿を目にするのは初めてだから、いやらしい声を聞いたと思い込んでしまったようだ。

だが、声がなくても大いにそそられる。

(ああ、くそ、シコりたい)

高まる欲求を抑え込むことで、不満がこみあげる。布越しにいじるのではなく、パンティを脱いで直《じか》に触ればいいのにと。要はアソコが見たかったのだ。

仮に脱いでくれたとしても、角度と距離的に女性器を拝むのは不可能だ。それでも望まずにいられないのは、童貞の哀《かな》しさゆえなのか。

願いも虚《むな》しく、状況はまったく変わらない。いつもこうしているのか、彼女は下着を脱ぐことなくオナニーを続ける。

それでも順調に高まり、間もなく頂上を迎えた。

「あ……ああ」

今度はちゃんと声が聞こえた。オルガスムスを迎えて、それだけ大きな声が出たのだろう。

ベッドの上で、下半身が上下に跳ねる。瞼《まぶた》を閉じた面差しも、いやらしく蕩《とろ》けていた。

続いて身を強《こわ》ばらせ、剝《む》き身の太腿を痙攣《けいれん》させる。

(イッたんだ)

触れてもいないペニスが、ビクンビクンとしゃくり上げる。尿道を熱い粘りが伝う感触があった。

ぐったりして手足をベッドに投げ出す女子大生。胸が大きく上下し、絶頂の余韻にひたっているのがわかる。

(エロすぎるよ……)

できれば一緒にオナニーをして、同時に果てたかった。きっとかつてない快感を得られたであろう。

我慢しないですればよかったと後悔したとき、彼女が瞼を開く。まともに目が合った気がして、守介は驚いた。覗きがバレたと思ったのだ。

焦ってからだを起こしたとき、後頭部に衝撃があった。ちょうどそこに配管のパイプが通っていたのである。

ゴッ――。

鈍い音がして、目の奥に火花が散る。あとは視界が真っ暗になり、意識が彼方へ遠ざかった。

4

気がついたとき、後頭部にズキッと痛みが生じる。

「ううう」

呻いて身を起こした守介は、暗い周囲を見回した。頭に付けたライトは電池が切れたのか、光を失っている。

（……おれ、気絶したのか？）

頭を強く打ち、昏倒したようだ。何をやっているのかと、情けなくなる。

ズボンの前がやけに突っ張る。守介は勃起していた。とは言え、気絶する前に目撃したオナニーの影響ではなく、牡の生理現象だ。つまり朝勃《あさだ》ち。

しかしながら、今は朝ではなさそうだ。さすがに半日以上も意識を失っていたわけではあるまい。

（何時頃だろう）

ウエストバッグからスマホを取り出そうとしたとき、それに気がついた。下の部屋から洩れる明かりに。

途端に、あの子が何をしているのか気になった。

(まさか、まだオナニーをしてるわけじゃないよな)

それよりも、頭を打ったときの音で、天井裏に誰かいるとバレたのではないか。そのことも気に懸かる。

まあ、さすがに覗きをされているとは思わないだろう。覗き穴の存在は、どうやらバレていないようだから。

ともかく、恐る恐る顔を近づけ、下の様子を窺《うかが》う。あの女子大生がベッドの脇で、うろうろと歩き回っていた。

「ああ、どうしよう」

独り言も聞こえる。時おり立ち止まり、落ち着かない様子で腰をくねらせた。

(何かあったのかな?)

切羽詰まったふうなのを感じ取り、心配になる。プライベートな場面を盗み見ておきながら、偽善的ではあるけれど。

理由を確認するべく、さらに身を乗り出す。ところが、守介はバランスを崩し、天井のボード裏に手をついてしまった。

ギシッ——。

やけに大きな軋みをたててしまい、自分でもびっくりする。下の少女にも聞こえたのは間違いなく、怯えた顔が天井を振り仰いだ。

「だ、誰？」

何者かが侵入していると察したのだ。それ以上声や音を立てず、やり過ごそうとしたものの、

「いるんでしょ。出てきなさいよ！」

泣きそうな声で命令される。このままだと他の部屋も巻き込んで、大騒ぎになるかもしれない。

（ええい、仕方ない）

結果的に覗きをしたのは事実ながら、もともと仕事でここにいるのだ。それについては、何らやましいところはない。

「わかりました。大きな声を出さないでください」

守介は彼女に呼びかけた。

「おれはメンテナンス業者で、寮内の点検をしているんです。社員証も持ってます」

これに、女子大生が安堵の面持ちになる。業者が入ると聞いていたのではないか。

とは言え、完全に信じるには至らなかったらしい。

「だったらそれを見せて」

当然あるべき要求だ。守介も納得し、どこかに開けられる場所はないかと探す。ランプが点いてなくて難儀をしたが、幸いにも、天井へ抜ける点検口の、シーリングハッチの留め具が近くにあった。

あの覗き穴は、シーリングハッチのボードに空けられていたのである。これならリフォームのとき以外でも、部屋に侵入すればハッチごとボードを取り替えられる。天井に通路があることを知った何者かが、それを行なったのだろうか。愛らしい女子大生を覗くために。

ともあれ、

「じゃあ、見せます」

声をかけてからシーリングハッチをはずす。そこはベッドの真上で、守介は顔をぬっと突き出した。

「これが社員証です」

首に提げていたものを示すと、彼女はようやく信用してくれた。しかし、

「ねえ、降りてきて」

このお願いには、首をかしげずにいられなかった。

（え、どうして？）

業者だと納得したのなら、このまま点検を続けさせてくれればいいのに。それとも、まだ言いたいことがあるのだろうか。

「ほら、早くしてよ」

女子大生が地団駄を踏む。一刻も猶予《ゆうよ》がないと言いたげに、焦りをあらわにした。

（ひょっとして、おれがオナニーを覗いたやつだってわかったのかも）

守介が頭をぶつけた音で何者かの存在を察し、さらに軋みが聞こえたことで、誰かがいると確信したのではないか。自慰行為に耽っていたから、その場面を目撃されたか、声を聞かれたかもしれないと危ぶんでいるのだとか。

だとしたら、何も見てない聞いていないと、しらばっくれるより他ない。覗き穴に気がついていないのなら、天井裏にいただけで出歯亀《でばがめ》だと決めつけることはできないのだから。

「わかりました。降ります」

作業用のシューズを脱ぎ、足のほうから注意深く室内に入る。ベッドがあったおかげで、飛び降りずに済んだ。

（さて、いったい何を言われるのか？）

断罪を覚悟して身構えたものの、彼女が口にしたのは予想もしなかった頼み事であった。

「ねえ、いっしょに来て」

袖口を摑まれて面喰らう。

「え、どこに？」

「トイレよ。ねえ、早く。漏れちゃう」

泣きべそ声の訴えに戸惑いつつも、守介は彼女とふたり、急いで部屋を出た。

トイレの外で待っていると、用を足し終えた女子大生がはにかみながら現れる。

「ありがと……」

「いえ、どういたしまして」

彼女が自己紹介をする。名前は鹿川真穂。紅薔薇女子大学の一年生だという。

守介も改めて社員証を見せ、名前と身分を告げた。

「ひょっとして、ひとりでトイレに行けないの？」

部屋に戻ってから訊ねると、真穂は眉間にシワを刻んだ。

「そんなことないけど」

と、少しも説得力のない反論をする。

「いや、だって今――」

「しょうがないじゃない、今の時間は」

彼女の言葉で、守介は焦った。日が暮れているのはわかっていたが、すでに丑三《うしみ》つ時なのかと思ったのである。妖魔《ようま》が跋扈《ばっこ》する時間帯だから、トイレに行けなかったのかと。

ところが、ベッドのサイドテーブルにあった目覚まし時計を見たところ、まだ夜の八時過ぎであった。長く気を失っていたのは確かながら、まだお化けを怖がるような時間ではない。

「今って、まだ八時過ぎだけど」

首をかしげて確認すると、真穂が不服顔で説明する。

「だから、今の時間帯が一番ヤバいの。八時から九時ぐらいが」

「ヤバいって、何が？」

「出るのよ。その、幽霊が」

真顔で言われて、守介は本気かよとあきれた。

寮生たちのあいだに妙な噂が広まっているのは、佐巻女史も嘆いていた。真穂もご多分に漏れず信じているらしく、だからトイレにも行けなかったのだ。

思い返せば、彼女に付き合ってトイレまで往復するあいだ、他の誰とも会わなかったのである。レクリエーションルームや談話室からも、声は聞こえなかった。

(てことは、みんな幽霊が出ると信じていて、この時間は部屋にこもっているっていうのか?)

真夜中ならいざ知らず、どうしてこんな中途半端な時間限定なのか。いったいどんな噂が広まっているのかと、気になるところである。

「あたしも、いつもなら早めにトイレを済ますんだけど、今日は大学から帰ったあと疲れて眠っちゃって、目が覚めたら八時を過ぎてたの」

真穂は詳細を述べなかったが、どうしてそんなことになったのかは容易に想像がつく。オナニーで絶頂したあと、そのまま寝てしまったのだ。守介が頭をぶつけたのも、快感の余韻にひたっていたために気がつかなかったとみえる。

「ところで、霊っていうのはどんなやつ?」

訊ねると、あどけない女子大生が声をひそめた。

「あのね、十年以上前なんだけど、ここの寮生が自殺したの。その子はレズで、同室だった寮生の子と付き合ってたのに、仲違《なかたが》いしちゃったのね。それで、相手の子に当てつけるつもりで、部屋の中で首を吊ったの」

かつては個室ではなくふたり部屋だったというから、話の内容に齟齬《そご》はない。女同士の愛憎というのも、女子寮ならあり得そうである。

ただ、信憑性はかけらもない。佐巻女史がそういう事案はなかったと断言したのに加え、いかにも過ぎるというか、ありきたりな怪談話だったからだ。

「その子が自殺したのが今ぐらいの時間で、だから幽霊になって寮内をさまよっているの。好きだった子を探して」

まだ一年生の真穂ですら、そこまで説明できるのだ。おそらくすべての寮生が知っているのだろう。まったく根拠のないことなのに。

「君はその幽霊を見たのかい？」

そんなものはいないと諭《さと》すつもりで問うと、彼女は一瞬返答に詰まった。

「見たことはないけど……」

そのとき、絹を裂くような、か細いすすり泣きが聞こえた気がした。

「いやぁっ！」

真穂が悲鳴を上げ、抱きついてくる。守介も驚いたのであるが、それ以上に柔らかくていい匂いのするボディとの密着に心を奪われた。

（ああ……）

うっとりして、漂うものを深々と吸い込む。実は部屋に入ったときから、悩ましくてたまらなかったのだ。

室内は女の子の甘い香りが濃厚で、もしかしたら帰宅後のオナニーが影響していたのかもしれない。そのあと眠ってしまったというから、寝汗をかいたせいもあるのだろう。

今はそれを、ゼロ距離で嗅がされている。そうなれば欲情は避けられない。

牡の昂《たかぶ》りが伝染したかのように、真穂が身をくねらせる。

「ね、ねえ」

縋《すが》るような声音《こわね》で呼びかけ、守介のからだをまさぐってきた——。

第二章　彼女は両刀遣い

1

年上の男に顔面騎乗をする女子大生。陰部を鼻面にこすりつけ、「あんあん」と愛らしくよがる。

（……オナニーのときも、パンツの上から指でいじってたんだよな）

布を介した摩擦がお好みらしい。思春期を迎え、エッチな快感に目覚めてからは、誰もいない放課後の教室で、好きな男子の机の角でオナニーをしたのではないか。

などと勝手な想像をし、いやらしい気分が高まる。

Tバックのクロッチがいっそう湿り、内側で女芯がクチュッと音を立てる。淫靡な匂いも強まり、中がしとどになっているのは明らかだ。

（ああ、見たい）

ナマ身の性器を拝みたい。唯一の風俗経験ではチラッとしか見せてもらえず、あとはネットの無修正画像や動画が、守介の知っている女体の神秘であった。

尻の谷に埋まった細身を横にずらせば、女子大生のそこを目の当たりにできる。必要なのは思い切りの良さと、ほんのわずかな運動量だ。

ここまでしているのだから、真穂もそのぐらいなら許してくれるのではないか。自ら女性器の俗称を口にするほど、淫らな気分になっているようだし。

しかし、勇気が出ない。非難される可能性はゼロではなく、そんなことをするのならこれでおしまいと、すべて拒まれる気すらした。

守介はいざという場面になると臆してしまう。ヘタレなところは高校時代から変わっていない。

「むふっ」

熱い息を女体の芯部に吹きかけたのは、ブリーフの中からペニスを摑み出されたからだ。

「あん、オチンチン、とっても元気」

真穂が雄々しく脈打つモノの根元をしっかりと握り、天井に向けて聳《そび》え立たせる。

張り詰めた亀頭に顔を寄せているらしく、温かな息が粘膜にかかった。

（うう、見られてる）

さわられるのより、何倍も恥ずかしい。だが、顔に乗られて屹立《きつりつ》も握られ、逃げるのは不可能だ。

「お兄さんのオチンチン、おっきいね」

それが心からの賛美なのか、それとも単なるお世辞なのか、判別がつかない。守介は羞恥に身をよじるばかりであった。

そのとき、真穂がヒップを少し浮かせる。濡れて色の変わったクロッチや、Ｔバックの細身から覗く褐色のアヌス皺《しわ》が視界に入った。

（いやらしすぎる……）

卑猥な光景に軽い目眩《めまい》を覚えたとき、
チュッ――。

軽やかな吸い音とともに、鋭い快美が背すじを走り抜けた。

「あああっ！」

堪《こら》える余裕もなく、声を上げてしまう。彼女が屹立の先端にキスをしたのだ。最も敏感で、しかも不浄なところに。

分身が今にも爆発しそうにしゃくり上げる。尿道を熱い粘りが流れ、鈴口からトロリと溢れたのがわかった。

「ふふ、ガマン汁がいっぱい出てきた」

愉しげに報告した真穂が、牡の粘汁をチュウッと吸い取る。頭の中を直に殴られたような衝撃に、目の奥がチカチカした。

(うう、まずい)

早くも昇りつめそうで、奥歯を噛《か》み締める。快楽の波を懸命に抑え込もうとしたのに、その努力を無にしたのは女子大生のフェラチオであった。

「あ、あ、あ――」

屹立が温かな洞窟に吸い込まれる。巻きついたものが敏感なくびれを狙い、ニュルニュルと動かされた。

(おれ、チンポをしゃぶられてる!)

同じサービスは風俗嬢にもされたし、プロのテクニックで守介はあっ気なく果てた。けれど、素人女子大生の口を穢《けが》す背徳感に敵《かな》うものではない。感じさせるための技巧とは異なる、味わうような舌づかいにも理性を粉砕された。

「あああ、だ、駄目」

蕩ける悦びにまみれ、守介は腰をガクガクとはずませた。頭の中に靄《もや》がかかり、オルガスムスの高波だけが見えた。

そのとき、真穂がペニスを吐き出し、根元を強く握らなかったら、熱い樹液をほとばしらせていたに違いない。

「ふはっ、ハッ、はあ」

危機を脱して呼吸が荒ぶる。からだのあちこちがピクッ、ビクンと痙攣した。

「イッちゃいそうだったの？」

彼女が振り返って訊ねる。守介は返答する余裕もなく、胸を大きく上下させた。正直、恥ずかしかったのである。

「イクんだったら、おまんこに出してよ」

またも大胆すぎる発言をして、真穂が腰を浮かせる。手にした強ばりの真上に移動して、からだの向きを変えた。

「いいよね。しよ」

そう告げた面差しは、上気した頬が色っぽい。実際の年齢より上に見えた。もはやあどけないだけの女子大生ではない。

Tバックのクロッチが、横に大きくずらされる。剥き出しになった陰部に、ヘアが影もかたちもなかったものだから、守介は頭をもたげて二度見した。

（え、生えてないのか？）

今どきの女子は、エステでＶＩＯラインを処理するのが一般的だと、守介もネットの記事で読んだことがある。だが、真穂は童顔だったから、ひょっとして天然のパイパンなのかと疑ったのだ。

しかし、彼女が逆手で握った牡器官を恥芯に導いたことで、陰毛のことなどどうでもよくなる。

（本当にするつもりなんだ……）

会ったばかりの男のペニスを、自らの体内に迎えようとしている。しかもコンドームを被せることなくナマで。

もはや幽霊話の件など、どうでもよくなっているようだ。もしかしたら、すすり泣きに似た怪しい音に怯えたのはお芝居で、それを口実に男と交わることが目的だったのではないか。

「挿《い》れちゃうね」

わくわくした顔つきで言い、真穂が上半身を下げる。狭い入り口の抵抗にあっても、ガチガチになった剛棒は少しも怯《ひる》まず、その部分をこじ開けた。

「あ、あ、入ってくるぅ」

切なそうに声を震わせた女子大生が、さらに体重をかけてくる。粘膜の輪っかが徐々に開き、このままでは怪我をさせてしまうのではないかと危ぶんだところで、不意に抵抗が緩んだ。

ぬるん――。

亀頭の裾野が狭まりを乗り越える。あとはスムーズに、根元まで濡れ穴に侵入した。

「あ……はぁ」

真穂が悩ましげに眉根を寄せる。彼女の重みを股間で受け止めると、柔ヒダが分身にぴっちりとまといついた。

（……おれ、とうとう体験したんだ！）

与えられる快さよりも、童貞を卒業した感激のほうが大きい。しかも、こんなに可愛い子が初めての相手なのだ。

これが初体験だなんて、知りもしないのだろう。真穂は腰をいやらしく前後に振り、迎え入れた牡根の具合を確認した。

「ホントにおっきい。それに、すごく硬いよ」

蜜穴でキュウキュウと締めつけられ、初体験の感動にひたる余裕がなくなる。さっきイキそうになったばかりであり、新たな快感に忍耐があっ気なく四散した。

「あ、あ、あああっ！」

どうすることもできず、精液を噴きあげる。知り合ったばかりの女子大の膣《ちつ》奥に。

「え、ウソ」

射精したのを察したらしく、真穂が困惑を浮かべる。こんなに早く昇りつめるとは、さすがに予想していなかったようだ。

オナニーとは比べものにならない悦びにまみれ、守介はありったけのエキスを放出した。幸福感にも包まれ、かなりの量が出たはずである。

ところが、オルガスムスの高波が引くと、羞恥が幸福に取って代わる。

（うう、出しちまった）

挿入するなり果てるなんて、いくらなんでも早漏すぎる。真穂もきっとあきれたであろう。

「ご、ごめん。真穂ちゃんの中が、すごく気持ちよくって」

彼女の手柄にしたのは、童貞だったと悟られたくなかったからだ。

「それはいいんだけど……でも、あたしもキモチよくなりたかったな」

不満をあからさまにされ、立場をなくす。年上なのに情けない。

しかし、真穂はすぐに機嫌を直してくれた。

「まあ、おまんこに出してって言ったのはあたしなんだし、感じてくれたのならよかったわ」

笑顔で告げ、悪戯《いたずら》っぽく目を細める。

「それに、これなら続けてできそうだし」

蜜穴でキュッキュッと圧迫され、守介は自身が未だ漲りきったままであることに気がついた。射精後も萎《な》えずに、最大限の膨張をキープしていたのである。

せっかくの初体験。一度の射精だけで終わるのは勿体《もったい》ないという、浅ましい意識が働いたのか。それとも、甘美な締めつけが心地よくて、萎えずに済んだのか。どちらにせよ、守介にとっても都合がいい。

「動くね」

真穂が前屈みになり、両手を守介の脇につく。童顔をうっとりと蕩けさせ、たわわな若尻をリズミカルに上下させた。

「あん、あん、あん、あん」

艶声をはずませ、一心に快感を追う姿は、いやらしくも健気《けなげ》である。その一方で、大丈夫かなと不安にもなった。

（これ、他の部屋の学生に聞こえるんじゃないか？）

ここが女子寮であることを思い出し、今さら心配になる。当然ながら男子禁制であり、そんな場所で淫行に及んだことがバレたら、非難されるのは確実だ。会社に知られたら、信用問題に関わるとクビにされてしまう。

そうとわかりつつも、この状況から逃れるのは不可能だった。何より、こんなにも気持ちいいのだから。

ぢゅ……グチュッ――。

交わる性器が卑猥な粘つきをこぼす。中出ししたザーメンが摩擦で泡立っているのだろう。

「あん、奥がキモチいい」

真穂は膣感覚に目覚めているらしい。子宮口を突かれるのがお気に入りとみえ、肉棒を深く受け入れる。

そのため、ヒップが太腿の付け根にぶつかり、パツパツと湿った音を立てた。ベッドも軋み、振動が隣の部屋にも伝わっているのではないか。

（やっぱりマズいぞ、これ）

動きと声をセーブした方がよさそうだ。もっとも、そのぐらいは彼女のほうも心得ていたようだ。

「チュウして」

などと言いながら、自ら顔を接近させる。守介に唇を重ねると、フンフンと鼻息をこぼしながら吸いたてた。

さらに、可憐な舌を侵入させる。

ピチャピチャ……。

大胆に這い回る舌は、甘い唾液をまとっていた。口内を舐《な》め回され、怖《お》ず怖《お》ずと自分のものを差し出せば、ねっとりと絡めてくれる。

（……おれ、真穂ちゃんとキスしてる！）

ファーストキスこそ高校時代に済ませていたが、ここまで本格的なくちづけは初めてだ。風俗嬢は、唇まで許してくれなかったから。

そのため、これが本当のファーストキスだという意識を強く植えつけられる。感激の度合いも、緊張しっぱなしだった高校生のときより、遥かに優っていた。

「ン……んふぅ」

唇を貪欲に貪りながら、真穂は下半身の動きも忘れない。おしりを上げ下げして、肉体の上でも下でも深く交わる。

彼女がくちづけを求めたのはよがり声を抑えるためであると、守介が理解したのはしばらく経ってからだった。そのときには甘い吐息と唾液をたっぷり味わい、ほとんど陶酔の心境にあった。

おかげで、おびただしく放ったあとにもかかわらず、二度目の絶頂が迫ってくる。

「ふは――」

真穂が唇をはずす。ハァハァと呼吸をはずませ、守介の耳に唇を寄せた。

「あたし、イッちゃいそう」

温かな息を伴っての告白に、愛《いと》しさが極限までこみあげる。

「おれも、もうすぐだよ」

「じゃ、いっしょにイこ」

再び唇が重ねられる。逆ピストンの速度があがり、ふたりの口許《くちもと》からせわしない息づかいがこぼれた。

「ん、ンっ、んんッ」

彼女がくぐもった声で喘ぎ、膣内が熱くなったことで、頂上が近いのだとわかる。

守介も協力すべく、腰を真上に突きあげた。

「んんんぅ」

お気に入りのポイントを突かれ、真穂が身をガクガクと揺する。守介の舌を強く吸い、牡腰を挟んだ太腿を痙攣させた。

(イッたんだ)

それを受けて、守介も歓喜の極みに達する。めくるめく愉悦《ゆえつ》に自然と腰がはずみ、女体の奥へ随喜の汁を注ぎあげた。

「んっ、んっ、んんんッ」

呻いて、からだを波打たせる。さっきよりも上回った快感に、意識が飛びかけた。声を抑えてのオルガスムス。ふたりほぼ同時に迎えたことで、身も心も深い悦びにひたる。

「――ンはっ、ハァ、はあ……」

唇をはずし、真穂が息づかいを荒くする。年上の男に体重をあずけ、着衣のボディを時おりピクッと震わせた。

温かくかぐわしい吐息を耳元で受け止め、守介はうっとりする余韻にひたった。初めてを捧げた女の子への情愛が募り、背中を優しく撫でてあげる。

「……キモチよかった」

真穂がつぶやくように言う。守介の頬にひたいをこすりつけ、猫みたいに甘えた。

「お兄さんのオチンチン、すっごくよかったよ」

本人ではなく生殖器を褒められるのは、嬉しさよりも面映ゆさが大きい。そのため、皮肉のひとつも言いたくなった。

「幽霊の話は、どうでもよくなったみたいだね」

途端に、彼女の顔色が変わる。

「ど、どうして思い出させるのよ？」

一転して怖がりだしたものだから、守介はしまったと後悔した。大胆な振る舞いは、やはり恐怖心を紛らわせるためだったのだ。

真穂が再び腰を振り出す。だが、続けざまにほとばしらせたペニスはすでに萎え、彼女が動いたはずみで膣からこぼれ落ちた。

「もう」

苛立ちをあらわにした女子大生が、身を翻《ひるがえ》して軟らかくなった秘茎を握る。精液と愛液をべっとりまといつけたものを、厭《いと》うことなく。

「お兄さんが悪いんだからね」

不満げに頬をふくらませたものの、本気で怒っているふうではない。むしろ、もっと気持ちよくなりたいと、濡れた眼差しが訴えていた。やっぱり、ただの口実ではなかろうか。

「あ、ちょっと――」

守介は焦った。真穂が手にした牡器官の真上に顔を伏せたからだ。

チュパッ――。

ためらうことなく亀頭を頬張り、舌鼓《したつづみ》を打つ。くすぐったい快さが体幹を伝い、からだが自然とくねった。

ねちっこいおしゃぶりで、守介は時間をかけることなく復活した。

「これ、おまんこに挿れて」

そそり立った肉根をしごき、淫蕩《いんとう》な眼差しでおねだりする女子大生。守介も拒む理由はなく、次は正常位で身を重ねた。

(おれ、本当にセックスしてるんだ)

一方的に跨がられる騎乗位と異なり、自ら動く体位は交わりの実感が大きい。本物の男になれた気すらした。

「ほら、もっとガンバって」

初めてで覚束なかった腰づかいも、真穂のリードでコツが摑める。もしかしたら、童貞だと見抜いていたのかもしれない。

今度もよがり声が洩れないよう、唇を貪りながら性器でも交わる。二度目よりも長持ちしたおかげで、彼女を三回もイカせることができた。

怖いから一緒にいてと真穂にせがまれ、守介はその晩、彼女の部屋に泊まったのである。柔らかくて甘い香りのする、若い女体を胸に抱いて。

それはこの世に生まれて以来、最も幸福な夜であった。

2

(さすがに疲れたな……)

点検作業を再開して、守介は息が上がりそうであった。

天井裏の狭い通路を進むあいだに、腰の気怠《けだる》さがだいぶマシになる。二十代と若いから、疲労も早く回復してくれたようだ。

加えて、性欲も高まる。脳裏に真穂の痴態が蘇り、また抱きたくなった。念願の初体験を遂げたことにより、もっとセックスがしたいと、肉体が無意識に求めてしまうのかもしれない。

(だけど、今朝だって出したのに……)

昨晩、続けざまに三度もほとばしらせたから、さすがに疲れて早々に眠ってしまったのである。何も食べず、空腹だったにもかかわらず、睡魔には勝てなかった。

目が覚めたのは、下半身がくすぐったい快さにまみれていたからだ。その影響で淫夢も見ていたようであるが、内容は忘れてしまった。

現《うつつ》では愛らしい女子大生が、猛々《たけだけ》しく勃起した分身を深く咥《くわ》え、ちゅぱちゅぱと品のない音を立てていたのである。よって、夢の内容などどうでもよくなった。

『起きたらお兄さんのオチンチンが、ギンギンになってたんだもん。そのままにしておいたら可哀想《かわいそう》かなと思って』

真穂はそう弁明した。朝勃ちのペニスに憐憫《れんびん》を覚えたらしい。

だが、性感の発達具合からして、男性経験は豊富なのだろう。ならば、男の生理現象ぐらい心得ているはず。可哀想だと思ったなんて、苦しい弁明だ。

とは言え、朝っぱらからセックスをするつもりはなかったようである。味わうように時間をかけてしゃぶり、最後は朝の搾り立てザーメンを口で受け止め、ゴックンと飲み干した。

『あったかくて美味《おい》しかったよ、お兄さんの精液』

真穂が嬉しそうに言ったものだから、守介は絶頂の気怠い余韻にひたりながら、ひょっとしてお腹が空いていたのかなと考えた。彼女も昨晩は、何も食べていないはずなのだ。

そのあと、買い置きのカップラーメンをご馳走になり、部屋からおいとましたのである。ドアからではなく、入ってきた天井の点検口から。

いったん帰ってもよかったのに、調査を続けることにしたのは、昨日、ほとんど何も調べられなかったからだ。午後に佐巻女史が来る前に、何らかの成果を上げておく必要があった。

(ていうか、あれは何だったんだろう……)

守介も聞いた、すすり泣きに似た声。確かにあんなものを耳にすれば、信憑性のない心霊話を本気にしてしまうであろう。

もちろん、守介はまったく信じていなかった。

声は明らかに点検口から聞こえた。距離まではわからないが、天井裏は狭くて声が響くし、離れたところのものが伝わってきたとも考えられる。

(ひょっとして、他にも男を連れ込んだ子がいたんだとか)

セックスの喘ぎ声が天井裏の空間を伝い、他の部屋まで聞こえたのではないか。

夕刻の中途半端な時刻に聞こえるというのも、それなら納得がいく。ちょうど男女の行為が行われそうな時間だからだ。

だとすると、真穂としたときの声も、誰かに聞かれた可能性がある。何しろ、点検口のラッチがはずれたままだったのだ。

まあ、男を連れ込んだとバレるよりは、幽霊に間違われたほうが都合がいい。

守介は、通路を奥へ向かっていた。寮生たちの部屋の上を、音を立てないよう静かに通過する。

電池を取り替えたヘッドランプで、天井裏をくまなく照らす。真穂のところにあったような覗き穴は、他にはなさそうだった。点検口があるところを、特に注意深く観察したのであるが、下からの明かりは洩れていない。

ただ、ところどころにコードが繋がった小さなボックスがあった。そこにはＵＳＢのジャックが付いていたが、どこにも配線されていない。

（どうも怪しいな）

同様のコードは二階の、部屋と部屋のあいだからものびていた。

さりとて、外して調べる権限はない。何か特別な装置かもしれないし、破損したら弁償を求められるだろう。

何なのかは佐巻女史に確認することにして、とりあえず水漏れと異音の原因を探る。

音については、発生源らしきものは見つからない。やはり他の部屋からのものが伝わったと見ていいのではないか。男を連れ込まずとも、たとえばオナニーの声が大きかったとか。

だが、その推測を佐巻女史に話すのは気が引ける。母校を誇りに思っているだけに、そんなふしだらな学生はいないと怒り出しそうだ。

まあ、排気ダクトからの異音ということもあり得る。とりあえず調べを進めようと、守介はさらに奥へと入った。

部屋部分を過ぎると、それ以上は進めなくなる。ホールの天井が高く、二階とのあいだ部分の隙間が狭いのだ。

(こっちは何もなさそうだな)

引き返して、レクリエーションルームと個室の境界部分を、もう一度詳しく調べる。リフォームの図面には記載されていないところを。

防音のための隙間と言うより、どうやら裏側の点検をしやすくするためのスペースらしい。洗濯室から床下にもぐったあと、ここで小休止なり準備を整えるなりして、一階と二階のあいだに入るためにあるもの。

メンテナンスのためのルートを作っておくのは重要であり、現在では当たり前になっている。よって、ここにこういうスペースがあってもおかしくない。

だが、近代的な高層ビルならともかく、この寮は昭和の時代から存在する。エレベータもない四階建ての建物に、ここまで大袈裟なものが必要なのだろうか。

疑問を抱きつつ、守介は入ってきた点検口に戻った。蓋を開けっぱなしだったし、寮生たちも気にしているかもしれない。

かくして、ほぼ一日ぶりに洗濯室に戻ったところ、

「もう、いい加減にしてよ！」

点検口から顔を出す前に、大きな声が聞こえた。

（え、なんだ？）

トラブルでもあったのかと、急いで外に出る。そこにいたのは従妹の沙也加と、もうひとりは寮生らしき女の子だった。Tシャツにハーフパンツという軽装からして、まず間違いあるまい。

「キャッ」

守介を見て、もうひとりが悲鳴を上げる。いきなり現れて驚いたのだろう。

「何よ、まだやってたの？　グズなんだから」

辛辣《しんらつ》な言葉遣いで非難したのは沙也加である。昨日と変わらぬ刺々しい態度に、守

介は悲しくなった。

（どうしてここまで言われなくちゃならないんだよ……）

十代の難しい年頃ならいざ知らず、学生とは言え二十歳を過ぎた大人なのだ。まさか、本当に反抗期が終わっていないわけではあるまい。

では、自分にだけこんな態度を示すのか。何か気に食わないことがあって。

その理由を問い質《ただ》そうとしたとき、

「先輩のお知り合いなんですか？」

寮生らしき子が訊ねた。

「そうよ。イトコ」

沙也加は短く答えると、洗濯済みの衣類が入っているカゴを手にした。

「とにかく、もうわたしの視界に入ってこないで」

守介ではなく、女の子のほうに告げると、大股で洗濯室を出ていく。

「あ、ちょっと」

守介は沙也加を呼び止めようとした。ところが、首に提げていた社員証をぐいと引っ張られ、えずきそうになる。

「吾潟守介……メンテナンス業者の方なんですね。先輩と苗字が違うってことは、母方のイトコなんですか？」

社員証を手にした女の子が首をかしげる。守介は「そうだよ」とぶっきらぼうに答えて、それを奪い返した。

「わたしは萩原未悠《はぎわらみゆ》です。紅薔薇女子大学の二年生」

丁寧に自己紹介をされ、敵意が萎《しぼ》む。勝ち気そうなアーモンド型の目が印象的な、なかなか可愛らしい子だ。なのに、沙也加がどうして嫌うのか、今さら気になった。

もしかしたら、自分と同じように拒まれていることで、未悠に同情の念が湧いたのかもしれない。

「君も寮生なの？」

「いいえ、違います」

あっさりと否定され、守介は目が点になった。

「え、だったら、どうしてここに？」

「沙也加先輩に会うためです。大学で話しかけても相手にしてくれないから」

どうやら先輩女子につきまとっているらしい。沙也加はさっきも声を荒らげていたし、出て行きなさいとも命じたから、かなり辟易《へきえき》しているようだ。

（寮生でもないのに、こんなところまで来られたら、そりゃ怒るだろうな）

そのとき、守介はふと思った。沙也加の機嫌が悪いのは、未悠のせいではないのかと。後輩にストーカーまがいのことをされているせいで苛立ち、自分にも当たり散らしているのではないか。

「君はいつも沙也加につきまとっているのかい？」

この質問に、未悠はあからさまに不満を浮かべた。

「つきまとってるなんて失礼だわ。好きなひとのそばにいたいっていうのは、自然なことじゃないですか」

憮然とした反論に、守介は絶句した。

（え、好きって？）

彼女が大真面目なのは、表情からも明らかだ。つまり、同性に恋愛感情を抱いているのである。

我知らず眉根が寄ってしまったのを、未悠が見咎める。

「あなたも、わたしたちの恋路を妨害するんですか？」

「いや……わたしたちって言うわりに、沙也加のほうにその気持ちはなかったみたいなんだけど」

目撃したままの印象を口にすると、彼女は口をへの字に歪めた。

「それは――まだわたしの気持ちが通じていないだけで、いずれは相思相愛になれるはずです」

歯切れの悪い返答に苦笑する。要は片想いではないか。

「だけど、沙也加に同性愛の趣味はなかったと思うし、無理なんじゃないかな」

「わたしだって、べつにレズビアンじゃないですよ」

「え？」

「わたしの場合、好きになったら相手の性別は関係ありません。男性とお付き合いして、セックスをしたこともありますから」

露骨な告白に、守介は狼狽した。つい昨晩、初体験を済ませたばかりということもあり、性的行為の名称がやけに生々しく感じられたのだ。

（つまりバイセクシャルってことか）

まだ若いのに、かなり奔放な人生を歩んでいるようである。

「だから沙也加先輩にも、性別に関係なくひとを好きになってもらいたいって思うんです。だって、ゼミのテーマがジェンダーフリーなんですから」

沙也加とは、同じゼミの先輩後輩の間柄だという。先輩とはひと目で恋に落ちたから、紛れもなく運命のひとなのだと、未悠は熱っぽく語った。

女子だけの世界にいるから、そっちの趣味に目覚めたのかと思えば、そういうわけではないらしい。もしかしたら、ゼミのテーマに影響を受けて、自ら実践を心がけるようになったのだとか。

ともあれ、彼女なりに本気の恋をしているのは間違いなさそうだ。

「寮生じゃないって言ったけど、だったらその恰好は？」

未悠は、いかにも普段着というか、室内での装いである。顔もすっぴんのようだし、まさかそんな恰好で大学に通っているわけではあるまい。

「わたし、たまに寮に忍び込んで、泊まらせてもらってるんです」

悪びれない返答に、守介はあきれた。

「泊まらせてもらうって、友達の部屋に？」

「いいえ、空き部屋です」

空室があることは、佐巻女史にも聞かされた。では、未悠はそこを勝手に居室として利用しているのか。

「管理人のひとに見つかったら大変だよ」

やんわり注意すると、彼女は得意げに胸を反らした。

「わたし、一度も見つかったことがないんです。ちゃんと侵入ルートも確保してありますから」

「え、侵入ルート？」

「こっちです」

未悠に手招きされ、守介は首をかしげつつあとに続いた。

洗濯室の向かい側には、レクリエーションルームがある。お昼前の今は、寮生たちは大学だろう。そこには誰もおらず、ただでさえ広いところだから、やけに閑散として映った。

「ここは、つい最近知ったんですけど」

彼女はそう言って、壁際へ進んだ。個室との境界側だ。

見ると、床に近いところに、点検口の蓋がはめ込まれていた。図面にも載っていなかったものである。

未悠がそれをはずす。奥に見えたのは、それほど狭くない空間だった。

（そうか、ここは――）

洗濯室から床下を通って辿り着いた、これも図面に載っていなかった壁と壁の間の広い隙間だ。まさか、ここからも入れたなんて。

ふたりで壁のあいだに入る。未悠が点検口の蓋を閉じると、互いの顔も見えないほど真っ暗になった。

「ライトを点けてください」

「ああ、うん」

ヘッドランプを点灯させると、見覚えのある縦長の空間が視界に入る。ついさっきも通ったばかりだ。

未悠は迷うことなく外壁側に進む。まさか天井裏へ上るのかと思えば、鉄梯子《てつばしご》のところで身を屈めた。

(え?)

守介は目を瞠《みは》った。床に近いところに、外に通じているらしき、小さなドアがあったのだ。不思議の国のアリスで、綺麗な庭園に出ようとしたアリスがドアが小さくて出られず、四苦八苦する場面に出てきたようなやつが。

もちろん、そこまで小さくはない。どうやら未悠は、外に通じているそこから、寮へ侵入しているようだ。

「ここ、外の壁際に、消火器って表示のついた箱があるんです。高さ一メートルぐらいで、屋根付きのやつが。だけど、外に消火器なんてヘンだなと思って、中を見たらこのドアがあったんです。最初は、ペット用の出入り口なのかなって思ったんだけど、寮でペットを飼うわけがないし、鍵もかかってなかったから入ってみたら、ここだったんです」

彼女は寮への侵入口を探して、これを見つけたとのことだった。

（ということは、この空間は点検用のものじゃなくて、外から入るためにこしらえたっていうのか）

だが、いったい誰が、何の目的で？

一般的に侵入と言えば窃盗だが、ここは女子寮である。そんなに金品があるとは思えない。そうなると、あとは覗きや、わいせつ目的ということになる。

実際、一夜をともにした真穂の部屋は、天井に覗き穴があった。他の部屋の裏側にも、妙な装置らしきものが見受けられたのだ。

（じゃあ、ここのリフォームをしたやつが、あとで女子大生たちの痴態を拝もうとして、こんな出入り口やスペースをこしらえたんだろうか）

さらに鉄梯子や、天井裏の通路も含めて。

しかし、ひとりで作業をしたのならともかく、リフォームには多くの人間が関わるはず。図面を書き替えてまで、勝手にあれこれこしらえるのは無理だろう。

まあ、現場を取り仕切る人間が命令したのなら、不可能ではない。

(これはリフォーム会社を調べたほうがよさそうだな)

守介は陰謀じみた企《たくら》みを感じ取った。

一方、未悠のほうは、そこまで深刻に捉えていないらしい。侵入するのに都合がいいと、自分本位に考えているようだ。実際に住んでいるわけではないから、気楽なものである。

「じゃあ、君はここから入って、寮の中をうろついているのかい?」

皮肉を込めて訊ねても、彼女は少しも気にしない。

「べつにうろついてません。さっきも言ったじゃないですか。泊まらせてもらってるって」

「どこに?」

「こっちです」

未悠が鉄梯子をのぼる。守介もあとに続いた。

3

もしやと思ったとおり、未悠は天井裏の通路を四つん這いで進んだ。天井から空き部屋に入るのだろうか。

前を行く女子大生のヒップをライトで照らしながら、守介はモヤモヤしてきた。彼女のハーフパンツは薄手のようで、下着のラインがあからさまだったのだ。

おまけに、丸みそのものもかたちが良く、女らしく豊かである。ぷりぷりと左右に振られると、誘われているのかと早合点してしまいそうになる。

ふくらみかけた股間の分身に（勃《た》つんじゃない）と命じたとき、未悠がいきなり止まる。守介は危うく、おしりに顔を突っ込むところであった。

「ここです」

脇にあった点検口が開かれる。続いて、未悠が頭から室内に落下したものだから、守介は仰天した。

（え、なんだ⁉）

真穂のところみたいに、下にベッドがあるのだろうか。だとしても無茶すぎないかと下を覗き込めば、そこには高くて大きなマットレスがあった。天井との距離は、一メートルちょっとというところ。

「ほら、怖くないですよ」

脇に立った未悠が、からかう口調で言う。煽られているようで、守介はムッとした。

(まったく、大人をからかいやがって)

小娘のくせにと胸の内で毒づいたものの、その小娘の尻に欲情したばかりなのだ。偉そうなことは言えない。

ともあれ、守介は頭からではなく、足から下りた。

(なるほど、空気マットか)

感触からそうだとわかる。こんなもの、どうやって持ち込んだのかと疑問だったのだ。空気を入れてふくらませるものなら、小さく折りたためる。

ただ、最初のときもここから部屋に入ったのなら、こんなマットがなくて苦労したであろう。もっとも、かなり身軽なようだし、そう難しくなかったのか。

マットは二段重ねになっていた。上のものを床に落とし、横に並べることで、六畳間の半分近いスペースを取る。

「ここが空き部屋?」

空気マット以外は何もない室内を見回し、守介は確認した。

「ええ。一〇二号室です」

教えられてギョッとする。つまり、寮長である心海の隣ではないか。

(物音でも立ててバレたら、一発でアウトだぞ)

あるいは隣が寮長だと、未悠は知らないのであろうか。そう思ったものの、

「やっぱり、ああいう厳しい寮長の隣だから、誰も入居したがらないんでしょうね」

ちゃんとわかっていたのである。心海がどういう人柄かも含めて。

「東城さんを知ってるの？」

訊ねると、彼女は「もちろんです」と答えた。

「強敵の懐に飛び込むときには、相手のことをちゃんと理解しておかないと」

本人が聞いたら気分を害しそうであるが、たしかに心海は強敵と呼ばれるに相応しいかもしれない。守介自身、初対面で厳しいことを言われたのである。

沙也加に近づくために、未悠は寮へ入り込むことを企てたという。招いてくれる友達がいなかったので、こっそりと。

「どこかに鍵のかかっていない窓でもないかなと探したんですけど、そのときにもっといいところを見つけたんです」

目的を達したことで有頂天になり、何のためにあんな出入り口があるのかと、疑念を抱くこともなかったようだ。そして、空き部屋を見つけてそこを拠点にし、徐々に寮生たちとも馴染んでいったという。

「え、それじゃ、寮に住んでいるフリをしてるってこと？」

守介が驚いても、未悠は平然とうなずいた。

「だって、同じアパートの隣の住人だって誰だかわからない時代ですよ。寮生なんて四十人近くいるんですから、普段着で歩き回っていれば、ここに住んでるんだってみんな思いますよ」

食堂や大浴場があった時代なら、さすがにおかしいと思われたかもしれない。だが、今は寮生同士が顔を合わせる機会も減っている。彼女が言うとおり、案外バレないのかもしれない。

それでも、寮長の心海と、管理人の佐巻女史とはなるべく関わらないようにしていると、未悠は打ち明けた。

「佐巻さんとは絶対に顔を合わせないようにしています。あのひとは寮生の全員を把握してますから。東城さんには一度怪しまれたことがあって、そのときは友達のところに遊びに来たって誤魔化しました」

隣の空き室にいることは、絶対バレないようにしているとのこと。

「じゃあ、沙也加も君のことを、寮生だと信じてるの？」

「たぶん。だけど、先輩はわたしを避けているので、勝手に入り込んでるって思っているかもしれません」

　未悠の表情が曇る。避けられているという自覚があるのだ。

「まあ、しつこくしたらますます嫌われるだろうし、一度距離を置いたほうがいいんじゃないかな」

　要はここから出ていくことを勧めたのである。今後の調査にも支障がありそうだし、何よりも、沙也加が迷惑そうであったから。

　しかし、そんな忠告で引き下がるような子ではなかった。

「イヤです。わたし、先輩が振り向いてくれるまで諦めませんから」

　きっぱりと言い放ったものだから、やれやれと嘆息する。おそらく大嫌いと宣言でもされない限りは、しつこく言い寄るのであろう。

　と、未悠が思わせぶりに目を細め、頬を緩める。

「しつこくしたら嫌われるとか、距離を置いたほうがいいとか、吾潟さんは沙也加先輩のことをよく知ってるみたいですね」

　よく知っているどころか、こちらも疎んじられている身である。さっきの沙也加の言動で、そのことに気がつかなかったのだろうか。

「知ってるっていうか、おれは一般論を言ったまでで」

「でも、先輩のことを気にしているのは間違いないですよね。だからわたしがアプローチするのが面白くないみたい」

勘繰る眼差しに、守介は戸惑った。

「面白くないって……」

「わたし、同じゼミの先輩に聞いたんですよね。沙也加先輩が、イトコの写真を財布にしまっているって。とても大事そうに」

これに、心臓の鼓動が倍速となる。

(イトコって、おれの写真なのか?)

つまり、つっけんどんな態度とは裏腹に、今でも慕っているというのか。それなら、昔の親しかった間柄に戻れるかもしれないと、期待が一気にふくれあがる。

(――いや、おれとは限らないだろ)

沙也加と守介は母親同士が姉妹だが、彼女の父方にもイトコがいたはずだ。そっちのほうの可能性だってある。というより、会ってからずっと邪険にされっぱなしだし、自分ではない公算が大きい。

しかしながら、未悠はそう考えていないようだ。

「つまり、吾潟さんを深く知れば、沙也加先輩の好みがわかるってことですよね」

写真のイトコが守介だと決めつけている。おまけに、目がやけに輝いていた。あたかも妙案が浮かんだかのごとくに。

「ふ、深く知るって？」

声を震わせ気味に問いかけると、女子大生が目の前に迫ってきた。

「男と女が深く知り合う方法なんて、セックスしかないでしょ」

ストレートに告げられ、顔が熱くなる。彼女の甘ったるい息が、顔にふわっとかかったせいもあった。

「い、いや、でも」

つい昨晩、童貞を卒業したばかりの守介である。女の子に迫られてうまくいなすだけの力量など、そなわっているはずがない。

結果、後ろにあった空気マットレスに押し倒されてしまった。

(今どきの女子大生って、みんなすぐにセックスをしたがるのか？)

サンプル数こそ少ないが、二日続けて女の子のほうから迫られたのである。まあ、真穂の場合は、恐怖心を和《やわ》らげるためであったようだが。

いや、今朝も自ら勃起をしゃぶったのである。積極的なのは間違いない。

「むぅ」

いきなり唇を塞がれて、守介は目を白黒させた。反射的に抗《あらが》ったものの、ふにっとした柔らかさと吹き込まれる温かな息に、一瞬で陶酔状態となる。

（……おれ、また女子大生とキスしてる）

甘美なものが胸に広がる。のしかかってくるボディの柔らかさも心地よい。今さらのように甘ったるい体臭に気がついて、官能の心地にひたった。

未悠が舌を入れてくる。トロリとして甘い唾液を連れて。

守介は嬉々として自らのものを戯《たわむ》れさせた。チロチロと動く彼女の舌の、硬めのグミみたいな感触を愉しむ。

くちづけに夢中になり。いつしか口のまわりがベトベトになる。降って湧いた展開への抵抗は完全に消え失せ、守介自身、彼女と交わらずにはいられなくなった。

それを察したかのように、女子大生の手がからだをまさぐってくる。

ペニスは早くもふくらみつつあった。昨晩から今朝にかけて、三度もほとばしらせたのは関係ないとばかりに。

その部分をズボン越しに、未悠が握り込む。

「むふぅ」

くちづけを交わしながら、守介は太い鼻息をこぼした。ムズムズする快さが大きくなり、もどかしさも募る。できれば直にさわってほしかった。

「ふう」

唇をはずし、未悠がひと息つく。濡れた瞳がやけに色っぽい。大学生とは思えない、淫蕩な面差しが目の前にあった。

「おチンポ、おっきくなってるわよ」

品のない俗称を口にされ、軽い目眩を覚える。言葉遣いも堅苦しさがなくなり、今や対等の関係になっていた。

何しろ、からだをしっかりと重ねて、互いの唾液も飲み合ったのだ。今は単なる男と女であり、敬語など不要である。

「萩原さんがさわるからだよ」

彼女のせいにすると、軽く睨まれる。怒ったわけではないらしい。

「未悠って呼んで」

より親しみを感じさせる呼び方を求めてきた。

「未悠ちゃん」

言うとおりにすると、嬉しそうに頬を緩める。再び唇を重ね、硬くなりつつある牡器官を揉みしごいた。

だったらこちらもと、両手で丸いヒップを摑む。モチモチしたお肉をハーフパンツの上からこねると、未悠が切なげに身をくねらせた。

「んふぅ」

鼻息をこぼし、大臀筋をキュッキュッと収縮させる。拒んでいるのか、もっとしてほしいのか、どちらともつかない反応だ。

ならばと、両手をハーフパンツの中に差し入れ、下着のゴムもくぐらせた。

(ああ、素敵だ)

女子大生のナマ尻は、シルクのようななめらかな手ざわり。指がやすやすと喰い込む弾力もたまらない。

真穂のおしりは、もう少し硬さがあった。未悠のほうが学年が上だから、そのぶん成熟しているということなのか。

などと考えながら柔肉を揉み撫で、谷間にも指を忍ばせる。そこが汗ばんで湿っていたのは真穂と一緒である。違っているのは、Tバックの細い布がないから、谷底まで探索できたことだ。

指先に細かなシワが触れる。途端に、未悠が臀裂をキツく閉じた。

「――ちょ、ちょっと」

くちづけを中断して咎める。どこをさわってしまったのか、当然ながら守介は理解していた。女性器とは異なり、自分にもあるからだ。

（未悠ちゃんの、おしりの穴だ）

ある意味、女性器以上に秘められた場所である。他人のそんなところに触れるのは初めてだ。

それゆえ、心臓が爆発しそうに高鳴る。昂奮のあまり、直腸まで指を侵入させてしまいそうになった。

その前に、未悠がもがいて離れる。

「ヘンなところさわらないで」

マットから降り、年上の男を睨みつける。首を縮めた守介に、

「早く脱ぎなさい」

命令すると、自分から着ているものを脱ぎだした。

（本当にするつもりなんだ……）

性行為への意志を確認し、全身が熱くなる。守介も立ちあがると、身に着けていた装備品をはずし、作業着も脱いだ。

先に素っ裸になったのは、彼女のほうだった。着ているものが少なかったのだ。

ふっくらしてかたちの良い乳房に、すっきりしたウエスト。そして、女らしく張り

出した、丸みを帯びた腰。股間に逆立つ秘毛も隠さなかった。

瑞々しいヌードを前にして、守介は落ち着きを失った。ミルク成分の際立つ肌の香りが強くなり、さらに陰毛が生えていたことで、真穂のときよりも女体を生々しく感じたのである。

おかげで指が震え、ボタンがうまくはずせない。

「早くしてよ」

未悠が痺れを切らし、手を出してくる。前に膝をついて守介のズボンを引き下ろし、ブリーフにも手をかけた。

ぶるん――。

亀頭にゴムが引っかかり、下向きにされた分身が勢いよく反り返る。昨晩、別の女子大生に挿入した肉色の槍《やり》が、穂先をいっそう膨張させた。

今朝、真穂に濡れタオルを準備してもらってからだを拭いたので、セックスの痕跡は残っていないはず。だが、未悠が訝る目つきで勃起を見つめたため、ひょっとしてバレたのかと大いに焦った。

(いや、そんなことはないか)

勘繰りすぎだと思ったものの、

「……これがあの子のアソコに入ったのね」

彼女のつぶやきに、心臓が止まりそうになる。「あの子」が真穂のことなのは、疑いようもない。なぜなら、守介は他の異性を知らないからだ。

(え、どうして⁉)

混乱しかけて、不意に気がつく。

未悠は天井裏の通路を知っているのである。昨晩もそこを通って、ふたりの痴態を目撃したのではないか。点検口は開けっぱなしだったから。

「ひょっとして、見たの?」

怖ず怖ずと問いかければ、小さくうなずく。もしかしたら、他人の行為を目にしたことで、自分もしたくなったのか。

(じゃあ、最初からおれとセックスするつもりで?)

沙也加のイトコということで気になったのは確かながら、本番行為に刺激されたところも大きいようだ。だからこそ、自分の居室まで連れてきたのである。

「こんなに立派なおチンポだから、あの子もあんなに感じてたのかしら」

口にされた疑問に、守介は何も答えられなかった。ただ、真穂に続き、またもイチモツの大きさを褒められて、本当にそうなのかと有頂天になりかける。

（いやいや。彼女たちがこれまでに付き合った男が、小さいだけなのかも）

多くの男を知っているはずの風俗嬢は、大きいなんて言ってくれなかったのだ。

ああいう仕事をしている女性は、実際はそれほどではなくても、男性器を立派だと持ち上げるそうだ。いい気分にさせて、次の指名を得るために。本当に大きかったら、お世辞ではなく本心から褒めてくれるのではないか。

若い娘の称賛など、あまり当てにならない。守介は考え直し、それでも秘茎を誇示するごとく脈打たせた。

「あん、すごい」

暴れる牡根をたしなめるように、未悠が細い指を巻きつける。筋張った筒肉をキュッと握り、「硬いわ」とつぶやいた。

「おればっかり見られるなんてずるいよ」

守介が不満を述べたのは、しなやかな手指の感触が気持ちよすぎて、早くも頂上に向かいそうだったからだ。そうなる前に、インターバルを取る必要があった。

加えて、女性の秘め苑を、単純に見たかったのである。真穂との初体験では、ちゃんと目にすることができなかったから。

「え、マンコが見たいの？」

ストレートな単語を口にされたばかりか、蔑むように眉根を寄せられる。怯みかけたものの、ここで引いたら相手の思うつぼだ。

「うん、見たい。未悠ちゃんのアソコがどうなっているのか確かめたいんだ」

欲望よりも興味に駆られてだと訴える。

「わたし、マンコの色が黒いし、ビラビラも片方だけ大きいから、見られたくないんだけど……」

未悠は乗り気ではなさそうだった。だが、守介が引かなかったものだから、仕方ないと諦める。

「男のひとって、どうしてあんなものを見たがるのかしら」

合点がいかないという顔つきを示したものの、彼女自身もペニスを見たくてブリーフを脱がせたのである。非難する立場にない。

未悠は牡器官を解放すると、立ちあがって空気マットに腰を下ろした。そのまま後ろに上半身を倒す。

「はい、どうぞ」

脚を開き、投げやりな態度で声をかけた。

荒んだ振る舞いをされ、守介は躊躇した。自分がひどくいやらしい人間になった気にさせられたのだ。

けれど、見たい気持ちは止められない。彼女の足元に跪《ひざまず》き、両膝に手をかけてさらに開くと、晒《さら》された中心に顔を寄せた。

濃い目の恥叢《ちそう》が囲むのは、本人が嘆いたとおり、ややくすんだ色合いの淫華であった。とは言え、黒いなんてほどではなく、色素の沈着具合は平均的だろう。あくまでもネットで見た動画や画像との比較であるが。

ほころんだ裂け目から、貝の身を思わせるものがはみ出している。そちらも端っこがスミレ色だ。

(これが未悠ちゃんの――)

当然ながら、実物はディスプレイに映し出されたものより生々しい。そして、胸が揺さぶられるほどに魅力的であった。

それはほのかに漂う、酸っぱいようなかぐわしさのせいもあったろう。女の子が持つ本来の甘い香りに、やや動物的な荒々しさがミックスされたもの。

それすらも好ましくて、愛しさが高まる。見るだけではもの足りなくなって、守介は心の命ずるままに行動した。

「え?」

未悠が声を洩らし、下腹をピクンと波打たせる。続いて、焦ったように身をよじった。

「ちょ、ちょっと、ダメ」

彼女は天井を見あげていたはずだが、見なくても何をされたのかわかったのだ。秘められた部分に口をつけられたのを。

情愛が高まればキスしたくなるのは、自然なことである。それに、童貞を卒業したばかりで経験こそなかったけれど、守介もクンニリングスぐらいは知っていた。すべてをさらけ出してくれた女の子の優しさに報《むく》いるためにも、気持ちよくしてあげたかったのだ。

そのため、抵抗されてもものともせず、太腿を両腕でがっちりと抱え込む。逃げられないようにして、左右の大きさが異なるという花びらを舌でかき分けた。

「はひッ」

鋭い声が聞こえ、若腰がガクンと跳ねる。感じたのだとわかり、ためらいは完全になくなった。

「だ、ダメ……」

未悠の声も弱々しくなる。代わって、息づかいがはずみだした。

守介の舌は、かすかな塩気を捉えた。他に味らしいものはない。にもかかわらず、たまらなく美味しいと感じた。

(おれ、女の子のアソコを舐めてるんだ)

そのときはこんなふうにしてあげようと、何度も夢想した。女性器についても、色々と調べたのである。

ようやく実践のときを迎えた今、かなり舞いあがっていた。また、女芯の構造が思ったより複雑だったために、正直戸惑いもあった。

それでも感じるところを探し、舌を這わせる。濃くなったチーズ臭にも劣情を煽られ、陰毛の中に潜むオシッコの残り香にも胸がはずんだ。

「あ、あっ、そこぉ」

未悠の声が大きくなる。舌がポイントを捉えたのだ。

(ここがクリトリスだな)

女性の最も感じるところ。男で言えば亀頭なのだと知っている。そこを集中して責めると、女子大生が乱れだした。

「イヤッ、いやっ、あっ、ああっ、し、しないで」

などと言いながら、もっと舐めてとせがむみたいに、股間を押しつけてくる。肉体の反応に、心が追いついていないようだ。

「くううう、そこ、弱いのぉ」

弱点であると自ら吐露し、すすり泣く。歓喜の波が広がって、もはや抵抗もできずに喘ぐばかり。

恥割れから溢れる蜜が粘りと甘みを増す。それをすすり取り、お返しに唾液を塗り込めることで、いっそう淫靡な匂いが立ちこめた。

「うう、あ――だ、ダメ、イヤぁ」

忌避の言葉は守介ではなく、自身に向けられたものだったのではないか。否応なく高まり、頂上に向かっていることについて。

程なく、

「あ、ハッ、あふンッ！」

未悠が腰を大きくバウンドさせる。四肢をわななかせ、息ができなくなったみたいに「うっ、うっ」と短く呻いた。

(イッたんだ)

守介は察した。彼女がぐったりして、胸を大きく上下させるのを確認してから、秘苑の口をはずす。

「ハァ……はあ」

瞼を閉じ、半開きの唇から息をこぼす未悠を見おろし、成就感が胸に満ちる。

(おれ、クンニリングスで女の子をイカせたんだ)

昨夜、真穂とのセックスでも、絶頂に導くことができた。けれど、今回は求められてではなく、自ら積極的に奉仕した結果なのである。別格の歓びがあった。

守介は未悠に添い寝した。汗ばんだひたいに張りついた髪をよけ、頬を撫でる。上下する胸元で揺れる乳房の頂上、淡いバラ色の乳首をそっと摘まんだ。

「ううン」

彼女が眉間にシワを寄せる。瞼が開き、濡れた目が見あげてきた。

「……イジワル」

掠れ声でなじられ、守介はうろたえた。一所懸命奉仕したのに、どうして文句を言われるのか。

「え、何が?」

「わたし、起きてからトイレにも行ったのに……洗ってない、キタナイところを舐めるなんて」

素のままの匂いや味のする秘め苑を暴かれ、かなり恥ずかしかったようだ。

「汚いなんて思わなかったけど。未悠ちゃんのアソコ、すごく魅力的だったし。だから舐めたくなったんだ」

「魅力的って――く、くさくなかったの？」

「全然。女らしくて、いい匂いだったよ」

正直に答えると、未悠が落ち着かなく目を泳がせる。泣きそうに口許を歪めると、

「バカ……」

甘える声で悪態をついた。

(可愛いな)

はっきりものを言うし、小生意気な印象が強かった。だが、案外女の子らしいところがあるではないか。

彼女は手を守介の股間に這わせ、そそり立つ剛棒を握った。

「あん、すごい」

女芯をねぶるあいだも昂りにまみれていたから、ペニスはギンギンだった。多量の先走りをこぼし、亀頭全体がぬらついていたようである。

「ね、これ、マンコに挿れて。エッチしよ」

ストレートな求めを、守介は「うん」と受け入れた。魅惑の裸体と、一刻も早く結

ばれたかった。

(おれ、未悠ちゃんとするんだ)

昨日まで童貞だったのが嘘のよう。おまけに、早くもふたり目と体験できるなんて。しかも、こんなに可愛い女子大生と。

いよいよ女性運が向いてきたのかもしれない。あるいは、モテ期というやつが訪れたのか。

守介は有頂天になっていた。

第三章　本当はいやらしい優等生

1

未悠に身を重ね、正常位で交わる体勢になる。肌のなめらかさとボディの柔らかさがたまらなく心地よい。無性にジタバタしたくなった。

ところが、いざ挿入という場面で「ま、待って」と制止される。

「どうしたの？」

「……顔見られるの、恥ずかしい」

彼女がクスンと鼻をすすり、目元を朱に染める。クンニリングスでイカされたあとだけに、感じている表情を晒すのが居たたまれないようだ。

「じゃあ、どうするの？」

まさか直前でおあずけを喰うのかと危ぶむ。しかし、守介がいったん身を剝《は》がすと、未悠はのろのろとからだを起こし、四つん這いのポーズを取った。

「バックからして」

より大胆な体位を求められ、ゴクッとナマ唾を呑む。丸まるとしたヒップをまともに向けられ、中心の恥ずかしい部分まで見せつけられたのだ。味わったあとの恥芯ばかりか、ちんまりして愛らしいアヌスまで。

(この恰好のほうが、もっと恥ずかしいと思うけど)

とは言え、煽情《せんじょう》的な眺めに昂奮させられたのは事実。ほころんだ花弁の中心に、小さな洞窟が見え隠れしており、そこに分身をぶち込みたくなる。

守介は膝立ちになると、若い女体に真後ろから挑んだ。反り返るイチモツを前に傾け、濡れた裂け目に尖端をこすりつける。

ニチャ……。

粘つきがこぼれる。白っぽいラブジュースが、赤い粘膜にまといついた。

「ね、ねえ、早く」

未悠が急かす。陰部も挿入を促すみたいに、きゅむきゅむと収縮した。

「わかった」

返事をして、腰を送る。狭い入り口を圧《お》し広げる感触に続き、丸い頭部がヌルリと呑み込まれた。

「あふん」

熱っぽく喘いだ未悠が、マットに顔を伏せる。声が洩れないようにするためだろう。今はほとんどの寮生が大学に行っている時間帯だが、この部屋にいることを知られてはならないのだ。

(セックスだと、さっきよりももっと大きな声が出ちゃうのかもな)

危険だと知りつつも、はしたなくよがらせたくなる。

尻を高く掲げるポーズになった彼女に、守介は残り部分をずぶずぶと押し込んだ。下腹と臀部が密着し、ペニスが見えなくなる。

「う、うう、むうぅ」

未悠がくぐもった声で呻き、腰をブルッと震わせる。迎え入れた牡のシンボルを、温かな穴で締めつけた。

「おお」

分身全体に柔肉がぴっちりとまといつき、守介も快さに喘いだ。

昨日に続いてのセックス。ふたり目の女子大生。

記憶は新しいはずなのに、膣内の感触の違いまではわからない。やはり経験が浅いため、そこまで分析する余裕がないのだろうか。

確かなのは、どちらも気持ちいいという一点だった。

じっとしているだけでも、甘美な締めつけが悦《よろこ》びを与えてくれる。それだけでも上昇し、頂上に至りそうだ。

だが、それでは未悠が満足しまい。

(すぐに出すんじゃないぞ)

自らに忠告し、強ばりを抜き挿《さ》しする。

「うう、ううう、むふふふぅ」

未悠はすぐさまよがりだした。もちろん、声を懸命に抑えて。ふっくらヒップがビクッ、ビクンとわななく様子からも、かなり感じているのは明らかだ。

(この子も経験豊富なんだな)

女子だけの大学に通っていても、しっかり男を知っているなんて。あるいは入学する前から、彼氏が何人もいたのだろうか。

未悠は沙也加にアプローチしていたし、こうして知り合ったばかりの男と関係を持つぐらいだ。今は特定のパートナーがいないのだろう。おかげでお相伴にあずかれるのだが、つい昨日初体験を遂げたばかりの守介は、複雑な心境であった。

(男よりも、女の子のほうが早く体験しちゃうんだな)

こうしてバックから攻めていても、弄ばれている気分だ。自分は快感を与えてくれる、都合のいいオモチャでしかないのだろうか。

何だか悔しくなって、荒々しく腰を振る。下腹と臀部が激しくぶつかり、パツパツと湿った音を鳴らした。

「んん、んんんんっ、んはッ」

女体の反応が著しくなる。白い背中が波打ち、両手でマットを引っ掻《か》いた。

逆ハート型のおしりの切れ込みに、肉色の棒が見え隠れする。濡れて禍々《まがまが》しい色合いになったそれに、白い濁りがまといついていた。

ぬちゅ、ぢゅぷり――。

卑猥な粘つきを立てる結合部から、牡と牝のミックスされた、淫らな匂いがたち昇ってくる。それを嗅ぐことでますますたまらなくなり、守介は女芯を深々と抉《えぐ》った。

「ンぅうう、お、奥ぅ」

未悠は子宮口を突かれるのがお好みらしい。ならばとピストンの勢いを増せば、マットの上で全身が跳ね躍った。

「う、ううっ、あ——はああ」

もはや声を抑えるのも不可能なようだ。

彼女の反応をつぶさに観察し、快《こころよ》いところを攻めることに集中したおかげか、守介はそれほど上昇せずに済んでいた。けれど、あられもなく身悶える様を目にすることで、次第に余裕がなくなってくる。

(未悠ちゃんを先にイカせなくっちゃ)

経験こそ浅くても、男としてのプライドがある。年下の女の子を満足させられないようでは駄目だ。

発奮したおかげで、未悠が高潮に達する。

「うッ、むっ、うううう、い、イクぅ」

低い声でアクメを告げ、裸身を細かく痙攣させた。

「あ、イク、イグっ、イッてる、うううう、き、気持ちぃ——」

若い肢体が強ばり、尻の谷がギュッと閉じる。「おぅおぅ」というケモノっぽい喘ぎ声に合わせて、狭まった膣穴が蠕動《ぜんどう》した。

それにより、守介も限界を迎える。

中出しの許可は得ていない。中に出すなとも言われていない。当然ながら、このまま女体の奥に発射したい気持ちが優勢だった。

しかし、すんでのところで守介は引き抜いた。妊娠させたらまずいし、それは彼女の将来にも影響を及ぼす。無責任な射精はしたくなかった。

白い吐蜜にまみれた分身が、不平をあらわに大きく脈打つ。それを握ってヌルヌルとしごくことで、めくるめく瞬間がたちまち訪れた。

「ううう、で、出る」

腰が砕けそうな愉悦にまみれ、目の奥に火花が散る。高速で摩擦されるペニスが快さに痺れ、濃厚なエキスを発射した。

びゅるんッ！

糸を引いたザーメンが、艶やかな若尻に降りかかる。のたくるような模様を描き、悩ましい青くささを漂わせた。

「あふっ、ハッ、うふぅ」

柔肌のあちこちをピクピクさせながら、未悠がオルガスムスの余韻にひたる。可憐な秘肛が収縮し、そこにも白濁汁がトロリと滴った。

そんな光景にも劣情を煽《あお》られながら、守介は最後の一滴まで気持ちよくほとばしらせた——。

「……中に出さなかったのね」

飛び散った体液の後始末が済むと、まだ絶頂後の気怠さが抜けないらしき未悠が、つぶやくように言った。マットの上に横臥し、からだを丸めた恰好で。

「うん。危ない日だったら困るし」

気を遣ったことを告げると、赤らんだ頰が緩む。

「危ない日でもなかったんだけど、絶対に安全だなんて言い切れないしね。途中で気がついて、外に出してってお願いしようとしたんだけど、気持ちよすぎてそれどころじゃなくなっちゃって」

彼女ははにかんだ笑顔で告白し、

「だから、ありがと」

感謝の面持ちで礼を述べる。それがたまらなくキュートで、守介はときめかずにいられなかった。

「ど、どういたしまして」

たっぷり放精してうな垂れた分身が、ヒクンと反応してしまう。

「でも、ホントに気持ちよかった。わたし、おチンポでイカされたのって初めて」

これには、守介は驚きを隠せなかった。

「本当に？　男慣れっていうか、経験豊富みたいに感じたけど」

疑問を口にすると、未悠が渋い顔を見せる。

「それじゃ、わたしがヤリマンみたいじゃない」

「いや、そういうつもりは――」

「わたし、エッチするのは男性でも女性でもOKだけど、吾潟さんの前にした男のひとってひとりだけだもの。それも一回だけ」

「え、そうなの？」

意外すぎる返答を、守介は素直に信じられなかった。だったら、どうしてあんなに感じたのだろう。

「その代わりってわけじゃないけど、女の子とはけっこうしてるの。ふたりですると きとか、あと、ひとりのときもエッチなオモチャを使うから、中イキぐらいちゃんと知ってるんだよ」

大胆な告白に、悩ましさが募る。オモチャというのは、バイブやディルドーのことなのだろう。

それを未悠がひとりで使い、悶える場面を想像したのである。

（だけど、そっか……）

てっきり経験豊富なのかと思えば、意外と純情というか、そこまですれていないらしい。そのぶん、女同士での交歓は頻繁なようであるが。

「でも、オモチャよりも、吾潟さんのおチンポのほうがずっと気持ちよかったよ」

彼女が手をのばしてくる。下向きの秘茎を、人差し指でちょんと突いた。

「あうっ」

くすぐったい快さに、堪えようもなく呻く。海綿体に血液が流れ込む兆《きざ》しがあった。

それを悟ったのかどうか定かではないものの、

「もう一回したいな」

未悠が艶っぽい眼差しを向けてくる。

「いや、でも」

うな垂れた分身を、守介が情けない顔で見おろしたのは、照れ隠しであった。

「だいじょうぶ。わたしが勃《た》たせてあげる」

彼女に促され、マットに仰向けで寝そべる。わずかにふくらんだ感のある牡器官を、柔らかな手が包み込んだ。

「ううぅ」

快感に呻くと、今度は優しく揉まれる。悦びが大きくなり、腰が自然と浮きあがった。

「フェラしてあげる」

腰の脇に膝をついた未悠が身を屈める。手にした肉根を上向きにし、ためらいもなく頬張った。さっき、自身の中に入っていたモノを。

勃たせてあげると言われたときから、守介はおしゃぶりをされるのではないかと予想していた。だが、男はひとりしか知らないのである。自ら立候補したとは言え、テクニックは期待できまい。

そう思っていたのに、舌をねっとりと絡みつけられるなり、腰の裏がブルッと震えた。

（え、何だ？）

予想に反し、すごく気持ちがいい。男をひとりしか知らなかったなんて、とても信じられない。もしかしたら、セックスしたのはひとりだけでも、愛撫を交わした相手は何人もいるのだろうか。

一分と経たずに、イチモツは凜然《りんぜん》となった。

「ふは──」

そそり立ったものから口をはずし、未悠がひと息つく。それから、嬉しそうに白い歯をこぼした。

「うふ。おっきくなった」

唾液に濡れた屹立をしごき、さらなる力を海綿体に呼び込む。守介は腰をよじり、「あ、あっ」と声を上げた。

「わたしのフェラ、気持ちよかった？」

気持ちよかったから完全勃起したのである。答えるまでもないことながら、いちおう「うん」とうなずいた。

「なんか……すごくよかったよ」

「でしょ。わたし、いっぱい練習したんだから。オモチャを使って」

疑似ペニスをしゃぶって、舌づかいの技術を高めたらしい。男性器のメカニズムも学び、こうしたら感じてくれるのではないかと研究したのではないか。

「じゃあ、フェラチオをするのって」

「うん。これが初めて」

得意げに目を細めたから、かなり自信があったようだ。

未悠は再び肉棒を咥えると、舌を縦横に這わせ、守介を喘がせた。さらに陰嚢にもキスして、縮れ毛にまみれたシワ袋も唾液でベトベトにしたのである。

「も、もういいよ」

守介は息も絶え絶えに告げた。このまま続けられたら、遠からず爆発してしまう。

「じゃあ、エッチしよ」

わくわくした顔つきの提案に、すぐさま同意する。

「うん。しよう」

彼女を仰向けに寝かせ、正常位の体勢になる。今度は拒むことなく、両脚を牡腰に絡みつけた。

「きっとエッチな声が出ちゃうから、すぐにチュウしてね」

可愛いおねだりに「わかった」と答え、熱い濡れ穴に肉の槍をねじ込む。

「おほぉ」

未悠は低い声で喘ぎ、裸身をしなやかに波打たせた。

2

結局、その日の調査を再開できたのは午後だった。

怪しい声については、どこかの部屋の声が天井裏を伝ったと考えられる。他に発生源は見つからなかったので、まず間違いあるまい。

とは言え、さすがによがり声の可能性があるなんて報告はできない。ウチの学生を侮辱するなと、佐巻女史が怒り狂うのは確実だからだ。狭い空間に反響したせいで、普通の会話が妙な声に変化したことにするしかないだろう。

水漏れのほうは、それらしき跡を壁の後ろに発見した。しかし、付近に配管はなく、上下水道との関係は認められない。また、湿気が結露したのなら、黴が発生するはずである。

(これも人為的な何かみたいだぞ)

侵入者が水でもこぼしたのではないか。場所的にも、それが最もあり得る。

佐巻女史には、声の件は天井裏の構造上やむを得ないと報告した。水漏れのほうは、まだ調査が必要であると。

侵入口や天井の通路、覗き穴やコードのついたボックスの件は黙っておいた。そんなことが知れたら、要らぬ混乱を招きそうだからだ。

今のところ、どうも怪しいという段階である。詳細の報告は、すべてがはっきりしてからのほうがいい。未悠以外にもいると思われる、侵入者の正体も含めて。

(まずはリフォーム業者を調べたほうがいいな)

侵入口や通路は素人の作ではなく、業者の手によるものだ。設計図にないものをこしらえるよう、手引きをした人間がいる。そのことも、佐巻女史にはとりあえず黙っておいた。

かくして、二日目の調査は終わったのである。

三日目――。

守介は午後に白薔薇寮を訪れ、佐巻女史に調査の続きを告げた。

「とにかく、早く原因を突きとめてくださいね」

彼女は不機嫌そうに顔をしかめた。どうしてこんなに時間がかかるのかと、文句を言いたげである。たとえメンテナンス業者でも、男が女子寮に出入りするのを好ましくないと思っているようだ。

それこそ侵入者がいるなんてわかったら、激怒するのは必至である。

(未悠ちゃんはともかく、女子寮に忍び込んで覗きをするなんて、男に決まってるからな)

できればそいつを捕まえたいと、守介は考えていた。

未悠によると、沙也加の部屋は一階ではないという。だが、変態の被害者になる可能性はゼロではない。

そいつは覗きだけでは飽き足らなくなり、いずれ寮生たちの寝込みを襲うようになるかもしれない。対処しないと、従妹もレイプされる恐れがある。もちろん未悠や真穂、他の寮生たちのことも心配だ。

午前のうちにリフォーム業者を調べ、この寮に関わった者の名前はすべて洗い出してあった。その中に寮への侵入者、もしくは、そいつに協力した者がいる。

（大学の関係者も絡んでいそうなんだよな）

守介はそう推理していた。

業者だけで、あそこまで勝手なことができるとは思えない。もしかしたらリフォームを発注した段階から、そいつは寮生たちの生活を暴くことを目論《もくろ》み、あれこれ作らせたのではないか。

あるいは、性的な嗜好としての覗きではなく、監視するために。

そこまで考えて、守介は真っ先に佐巻女史を疑ったのである。紅薔薇女子大学の出身でもある彼女は、後輩たちの生活の乱れを正すべく、プライベートな部分も見張ろうとしたのではないのかと。

しかし、佐巻女史が管理人になったのは、リフォーム後であるという。そもそも、本当に彼女が仕組んだのなら、調査などさせないはずだ。

よって、主犯格は他にいるという結論に達した。

(今日はあの訳のわからないボックスを調べてみよう)

USBのコードがのびたあれは、それこそ監視装置ではあるまいか。中に何があるのか、探ってみる価値はある。そのための工具も準備してきた。

一階の奥へ向かい、洗濯室に入ろうとしたところで、

「ちょっと――」

背後から呼び止められる。振り返らなくても声でわかった。

後ろを向くと、そこにいたのは案の定、従妹の沙也加であった。

「な、何？」

「何、じゃなくて。いつまでゴソゴソやってるのよ」

彼女は険しい顔つきで、口調も喧嘩腰だ。女子の聖域たる寮に、男が入り込むのが我慢ならない様子である。

「べつにゴソゴソやってるわけじゃなくて、仕事だから」

「だったら、さっさと済ませて」

居丈高《いたけだか》な沙也加は、今日はからだにぴったりしたTシャツに、ショートパンツという軽装である。午前中に大学へ行き、午後は講義がなくて帰ってきたのではないか。

（……けっこう女らしいからだになってたんだな）

Tシャツの胸元が大きく盛りあがっている。ショートパンツが包む腰回りも豊かに張り出し、太腿もむっちりだ。肉体はいっぱしの女である。

なのに反抗的な態度を取られるなんて、あまりに理不尽すぎる。ずっと言われっぱなしでいることにも、次第に腹が立ってきた。

「あのさ、おれ、沙也加に何かしたか？」

ムッとして言い返すと、彼女は怯んだように表情を強ばらせた。

「な、何かって？」

「ここで会ってから、ずっとそんな態度じゃないか。おれに文句アリアリみたいな」

「べ、べつにわたしは……」

「言いたいことがあるんなら、ちゃんと言えよ。敵意をまる出しにされるのは、おれだっていい気分じゃな――」

守介が言葉に詰まったのは、大きく見開かれた沙也加の目から、涙の雫《しずく》がボロボロとこぼれ落ちたからだ。

（ヤバい。泣かせちまった）

そんなに強く言ったつもりはなかったが、年上の男から詰め寄られたら、怯えるのも致し方ない。まだ大学生の女の子なのである。

「あ、ご、ごめん」

守介は焦って駆け寄り、彼女に謝った。

「べつに怒ってるわけじゃないんだ。ただ、以前の沙也加はこんなんじゃなかったし、おれのせいで気分を害することでもあったのかと心配になってさ」

懸命な弁明に、沙也加は何も答えなかった。両手の拳を握りしめ、気をつけの姿勢でえぐえぐとしゃくりあげる。まるで、悪戯《いたずら》をした子供が叱られたときみたいに。

おそらく童貞のままの守介だったら、ひたすらうろたえるばかりであったろう。だが、ふたりの女子大生と快楽を交わし、男としての自信がついたおかげで、思い切った行動をとることができる。

守介は沙也加を抱き寄せた。

「キャッ」

彼女が小さな悲鳴をあげる。その瞬間こそ身を強ばらせたものの、まったく抵抗しなかった。

(……大丈夫みたいだな)

抱擁を受け入れてくれたのを確認し、背中を優しく撫でてあげる。

「キツい言い方をしてごめんよ。だけど、おれには沙也加の気持ちがわからなくてさ。何か嫌なことがあるのなら、正直に話してほしい」

年上らしく余裕を持った振る舞いをしながら、守介は悩ましさも覚えていた。

今日は天気もよく暖かだ。だから彼女も露出度の高い装いだったのだろう。それでも肌は汗ばみ、甘酸っぱい匂いを漂わせている。鼻先にある髪からも、シャンプーの香料ばかりではなく、飾り気のない皮脂のかぐわしさが感じられた。おまけに、女らしく成長したボディは、柔らかくて抱き心地がいい。従妹なんだぞという戒めも役に立たず、劣情がふくれあがった。

このままだと、沙也加を押し倒してしまうかもしれない。寮の廊下で狼藉に及べば大変なことになるのに、それでもいいと理性が弱まりつつあった。

(いや、沙也加にそのつもりはないんだから)

年上の従兄にたしなめられ、素直に反省しているのだ。彼女が顔を埋めた鎖骨のあたりが熱いから、まだ涙がこぼれているのかもしれないが、少なくとも嗚咽《おえつ》は止まっていた。

頃合いを見て、守介はそっと身を離した。抱き合っているところを、誰かに見られる前に。

沙也加の顔は涙でぐしょ濡れだった。さっきまでの険悪な印象は影をひそめ、二十一歳のチャーミングな女の子そのものを見せている。

(沙也加って、こんなに可愛かったっけ)

少女時代よりも大人びているはずなのに、妙にいたいけでか弱く映る。これが本当の彼女なのだと思えた。

「ごめんな」

もう一度謝ると、沙也加が小さくかぶりを振る。濡れた目で守介を見あげ、クスンと鼻をすすった。

途端に、守介の理性の糸がぷつんと切れた。

「沙也加——」

名前を呼び、再び強く抱きしめる。

気がつけば、彼女の唇を奪っていた。そうせずにいられなかったのだ。

「んぅ」

沙也加が身を堅くする。くちづけを拒むように、唇もキツく閉じられた。

（あ、まずい）

理性の糸を繋ぎ直し、断りもなくキスしたことを守介は後悔した。これはレイプ魔にも等しい行ないだ。

ところが、彼女の手が背中に回る。唇も緩み、歓迎するように温かな息をこぼした。

（え、いいのか？）

明らかに受け入れてくれたという反応。それどころか、沙也加のほうから守介の唇を吸ってきたのである。

「ン……んふぅ」

小鼻をふくらませ、年上の男にしっかりと抱きつく。近すぎて焦点が合いづらかったものの、閉じた睫毛に涙の雫が光っていた。

（くそ、可愛い）

愛しさがふくれあがる。横柄《おうへい》な言動に腹を立てたのは、もはや過去のことだ。

舌を入れると、沙也加も自分のものを怖ず怖ずと触れあわせてくれた。サラッとした唾液を味わうことで、彼女との強い一体感を覚える。

守介は背中の手を下降させ、ショートパンツに包まれたおしりにタッチした。またも彼女のからだが強ばる。けれどそれはほんの一瞬だった。恥じらうようにヒップをくねらせたものの、拒むことなくくちづけを続ける。

（沙也加もその気になってるんだ）

この場でどこまで進めるのかわからない。それこそ佐巻女史や寮長の心海に見つかろうものなら、沙也加は寮を追い出されるだろう。ヘタをすれば退学かもしれない。

そうとわかりつつも中断できなかった。ここでやめたら、彼女は二度と自分の腕の中に戻らない。そんな気がしてならなかったのだ。

（え？）

背中にあった沙也加の右手が、ふたりのあいだへ入り込もうとする。からだを少し離すと、それは真っ直ぐ下半身へと向かった。

（まさか――）

期待と疑念が同時に湧きあがる。それでも、そんなことをさせちゃいけないという思いのほうが強かったろう。

にもかかわらず、守介は制止できなかった。

「むふぅ」

太い鼻息がこぼれる。従妹の手が股間の高まりを握ったのだ。濃厚なキスを交わすあいだに硬く強ばりきった分身を、ズボン越しに。

快さにひたりつつも、守介はショックを隠せなかった。ここまで大胆な行動ができるということは、

（……沙也加は、もう男を知ってるんだな）

その事実に打ちのめされた気がした。

彼女は二十歳を過ぎた立派な大人なのである。真穂や未悠がそうだったように、年齢相応にセックスを経験していてもおかしくない。

そもそも、沙也加が純情可憐な乙女だと決めつけていたわけではなかったのだ。なのに、こんなにも胸が苦しいのはなぜだろう。

（ええい、くそ）

苛立ちを胸の内で吐き出し、守介も手を移動させた。きっと濡れているに違いない、秘められた部分を目指して。

ところが、あと十センチで届くというところで、

「あーっ！」

素《す》っ頓狂《とんきょう》な声が廊下にわんと響く。誰かに目撃されたのだ。

沙也加がパッと飛び退《の》く。彼女の行動は素早かった。身を翻すなり、その場からパタパタと走り去ったのである。二度と振り返ることなく。

腕の中にあったはずの柔らかボディを失い、守介はその場に茫然と立ち尽くした。いいところだったのにという不満と、何をしていたんだという自戒の念に苛《さいな》まれて。

ふたりの抱擁を見咎めたのは、未悠であった。

「ダメじゃない。こんなところでキスなんかしちゃ。佐巻さんに見つかったら、ふたりとも寮から追放されちゃうよ」

叱られても、弁解などできない。事実その通りだからだ。

「うん、そうだね……ごめん」

素直に謝ると、彼女がやれやれというふうに肩をすくめる。

「だけど、まさかふたりがそういう関係だったなんて。やっぱり沙也加先輩は、吾潟さんが好きだったんだね」

想いを寄せていた同性が、男とキスする場面を目撃したのである。なのに、未悠は特にショックなど受けていない様子だ。

自身がバイセクシャルだから、性に関してはオープンな性格なのだろうか。パートナーが別の人間と情を交わしても問題ないというふうに。

それとも、守介とはセックスをした間柄だから、かまわないと考えているのか。好きな相手を共有しているみたいな感覚で。

「まあ、それはともかく、あの秘密のドアから侵入している犯人がわかったよ」

「な、何だって？」

未悠には、何者かが寮生を監視している可能性があるから、あの入り口から他に入る者がいたら報告してほしいと頼んだのだ。彼女のほうも、どうしてあんな侵入口や、天井裏の通路があるのか今さら気がついたらしく、神妙な顔つきで了解してくれた。

「ゆうべ、外でゴハンを食べてから戻るときに、わたしより先にあそこから入るひとを見たの。ただ、見つからないように離れてたから、顔とか背格好とか、何もわからなかったんだけど」

結局、侵入者がいたというだけで、他に何ひとつ判明していないではないか。守介は落胆した。

しかし、とっておきの情報が、未悠から告げられる。

「でも、そいつに協力している人間はわかったよ」

「え、本当に？」

「うん。そいつが寮に入ったあと、わたしも急いであとをつけたんだけど、天井裏に入っていくのが見えて、そのあといなくなったんだよね」

「いなくなった？」

「つまり、誰かの部屋に入ったってこと」

そうすると、侵入者は寮生の誰かと密会するために、わざわざ抜け穴や抜け道をこしらえたのか。

「じゃあ、誰の部屋なのかわかったの？」

「もちろん。だって、一番奥まで行って、そこで消えたから」

「一番奥？」

「わたしの隣。一〇一号室で、寮長の部屋だよ」

「ええっ⁉」

守介はとても信じられなかった。あのクソ真面目を絵に描いたような心海が、寮の自室に男を迎えていたというのか。

「それ、本当なのかい？」

「うん。わたし、そのあとで自分の部屋に入って、壁越しに寮長の部屋の声を聞いたもの。ちゃんとエッチな声が聞こえたよ」

単なる逢瀬《おうせ》ではなく、やることはやっているというわけか。しかし、断定するのがためらわれたのは、本当にあの子がという疑念を拭い去れなかったからである。

「だけど、ひとりでしてたってことはないの？」

「ひとりでって、オナニー？」

「う、うん」

「まあ、可能性はゼロじゃないけど、そいつが寮長の部屋に入ったのは確かなんだし、自分でしてるのを見せるなんて、もっとあり得なくない？」

それもそうかと、守介は考えを改めた。

「ほら、寮の中でヘンな声が聞こえるって話があったじゃない。あれって、どこかの部屋の声が天井裏を伝って聞こえたんじゃないかって、吾潟さんは言ってたよね」

「うん」

「それって、寮長がエッチしてる声だったんじゃないの？」

あり得る話だ。他に男を連れ込む者はいないだろうし、充分に考えられる。

(だけど、佐巻女史は絶対に信じないよな)

生真面目な寮長に、絶対的な信頼を寄せているようだ。仮に侵入口や通路を見せたところで、他の誰かの仕業だと決めつけるに違いない。

何よりも、心海が男を連れ込んだ証拠がないのだ。

未悠に証言させるわけにはいかない。なぜなら、彼女も寮に侵入していたからである。逆に疑われ、主犯に仕立てあげられた挙げ句、退学させられるかもしれない。

（こうなったら、これだっていう証拠を掴むしかないな）

ひとりうなずいた守介の内心を察したかのように、

「ねえ、寮長の悪事、わたしたちで暴いちゃおうよ」

未悠がノリノリという態度で提案する。

「え、暴くって？」

「言ったとおりの意味だけど。寮長に侵入者とエッチしてるのを白状させちゃうの」

そんなことが本当にできるのか。守介は甚《はなは》だ疑問であった。

（けっこう強情そうだし、そう簡単に白状するとは思えないけど）

しかし、未悠には勝算があるらしい。目がキラキラしている。

「あと、もうひとつ発見があったの」

「え、なに？」

「天井裏の、ヘンなボックス。あれ、実はわたしも気になってたんだけど、もしかしたらと思ってノートパソコンにＵＳＢを繋いでみたら、予想どおりだったわ」

「何だったの？」

「マイク付きのカメラが仕掛けられていたの。パソコンの画面に部屋の様子とかバッチリ映ったから間違いないわ」

「つまり、盗撮してたってこと？」

守介は顔をしかめた。寮生の部屋に忍び込み、いかがわしい行為に耽《ふけ》っていたばかりか、他の部屋の女子大生まで覗いていたなんて。

(とんでもない変態野郎だな)

絶対に許せないと、怒りに身を震わせる。なぜなら、沙也加も盗撮被害に遭ったかもしれないからだ。

(そう言えば、沙也加はどうしてるんだろう……)

従兄とのラブシーンを見られて、恥ずかしかったに違いない。どうしてあんなことをしたのかと、今ごろ部屋で頭を抱えているのではないか。

ただ、今さら疑問が生じる。嫌われているとばかり思っていたのに、急に泣き出したり、キスをしても拒まなかったり、まったく解《げ》せない。いったい、自分のことをどう思っているのだろう。

(女の子って、よくわからないな)

思春期の少年みたいな悩ましさを覚えたとき、

「盗撮してたのは、寮長の部屋に入ったやつじゃないかもしれない」

未悠が難しい顔で述べる。守介は「え、どうして？」と訊《き》き返した。

「盗撮するのなら、ノートパソコンとかタブレットとか、何か機器を繋がなくちゃいけないはずだけど、わたしはそういうのって見たことないし、昨夜もそいつが来たときに、何か仕掛けてた様子はなかったんだ。エッチが終わったあと、そのまま帰ったみたいだったし」

「じゃあ、盗撮してたのは別人ってこと？」

「おそらく寮長じゃないかしら」

名探偵さながらに推理する彼女に、守介は思わず身を乗り出した。

「つまり、東城さんは彼氏に頼まれて、そこまでしてたってこと？」

すると、未悠が得意げにほくそ笑む。

「すべては今夜判明すると思うわ」

すっかりお株を奪われた気がして、守介は口をへの字に歪めた。

3

その晩、自室で勉強していた心海は、天井を軽くノックする音が聞こえて（え？）となった。誰なのかなんて、考えるまでもない。

あのひとは昨日来たばかりである。二日続けなんて、これまでにはなかった。もっとも、嬉しかったのは間違いない。

(じゃあ、今夜もまた――)

あの狂おしい快感が味わえるのだ。そう考えるだけで、早くも秘苑が潤みだす。

「待ってください。今準備します」

心海は天井裏に声をかけると、点検口の下に脚立《きゃたつ》を準備した。女性でも扱える軽いもので、これもあのひとが用意してくれた。

脚立にのぼって点検口を開け、床に戻る。胸をはずませて見守る心海の目に、天井裏から現れた下半身が映った。

けれどそれは、あのひとのものではなかった。ハーフパンツの軽装は、明らかに別人である。

(え、誰？)

あまりのことに、心海は固まった。続けてふたり目が降りてくるあいだも、ピクリとも動けなかった。

「こんな脚立まで用意するんだから、やっぱり誰か来るってわかってたんだよね」

勝ち誇ったふうに言ったのは、以前に寮内で見かけた子だ。寮生ではなく、友達のところに来たとのことだったが、その後も視界に入ることがあったから、どうも怪しいなと訝っていたのである。

もしかしたら、前々から寮内を探っていたのだろうか。

その思いは、続いて現れた男を見て確信した。一度だけ対面した、メンテナンス業者だったのである。

怪しい声や水漏れの調査をすると知らされたとき、正直まずいことになったと思った。秘密の入り口もそうだし、特に天井裏には、見られたくないものがいくつもあるのだから。

あのひとにも相談したのだが、心配ないと言われた。仮にあれらが見つかったところで、自分たちが仕掛けたとは誰も思わないと。

なのに、しっかり見抜かれているようだ。

「まさか寮長ともあろうひとが、こんなことをするなんて」

男があきれた眼差しを浮かべる。途端に、心海の中に燃え盛るものがあった。

(あんたなんかに、あれこれ言われる筋合いはないわよ！)

ギッと睨みつけると、彼が怖じ気づいたみたいに後ずさる。それを見て、心海は決心した。

何を訊かれても、絶対に答えてはならない。特にあのひとのことは。

（そうよ。負けるもんですか！）

決意を胸に、心海はふたりと対峙《たいじ》した――。


（さすがにやり過ぎじゃないのか……）

守介は躊躇《ちゅうちょ》せずにいられなかった。けれど、この場の主導権は、完全に未悠が握っている。とても口出しなどできない雰囲気だ。

「それじゃ、すべて白状してもらいましょうか」

腕組みをして胸を反らす未悠の前には、後ろ手に縛《しば》られた心海がいた。着ているのは飾り気のないトレーナーとジャージズボンで、いかにも室内着という装い。そのせいか、囚《とら》われの身が痛々しく映る。

だが、彼女は後輩である女子大生を睨みつけ、少しも怯んでいない。

ふたりがかりで心海を拘束したのであるが、抵抗しても無駄だと悟ったのか、彼女はすぐおとなしくなった。にもかかわらず、観念した様子は微塵もない。

むしろ、より頑《かたく》なになったかに映る。

昨晩の訪問者も含め、すべてを喋《しゃべ》らせるのは無理ではないかと守介は思った。たとえ、苦痛を与えて無理強いしたとしても。

というより、女の子を痛めつけるなんて性《しょう》に合わない。

(未悠ちゃんは、どうやって喋らせるつもりなのかな)

まさか、女同士だから遠慮は無用と、腕力に訴えるのではなかろうか。危ぶんだものの、そうではなかった。

「ま、素直にしゃべるはずないし、まずは証拠固めからね」

未悠はそう言って、心海の部屋の家捜しを始めた。守介にも「手伝って」と指示をして。

(そうか。盗撮映像を見つけるつもりなんだな)

まさに動かぬ証拠であり、それを突きつけられたら、心海も観念するしかないだろう。とは言え、あくまでも未悠の推理どおり、寮長である彼女が盗撮の記録に協力していたらという話である。

(ていうか、通ってくる男が彼氏だとすれば、他の寮生のプライベートを覗きたいなんて頼みを聞き入れるだろうか)

どれだけぞっこんだとしても、正直解せない話である。むしろ真面目な心海であれば、激怒するのではあるまいか。

ともあれ、証拠が見つかればはっきりすると、未悠を手伝う。たかが六畳間でも、隠せそうなところはいくらでもあった。

そのあたり、未悠は知恵者であった。心海の顔色を窺いながら、ブツの在処《ありか》を探したのである。

近づけば落ち着きをなくすし、離れれば安堵を浮かべる。根が素直なのか、心海はポーカーフェイスをキープできなかった。

かくして十分とかからずに、数台のノートパソコンを押収した。隠し場所はオーソドックスに、ベッドの下であった。

「さすが、寮長だけあって勉強家だね。パソコンを何台も持ってるなんて」

嫌みを言われて、心海は悔しげに未悠を睨みつけた。けれど、パソコンの中身が確認されようとすると、

「ちょっと、わたしのものを勝手に見ないで。プライバシーの侵害よ」

前のめりになってクレームをつける。もちろん、そんなことで状況が好転するはずがない。

「女の子たちのプライバシーを侵害しているのはそっちでしょ」

反論されて、何も言えなくなる。かくして、パソコン本体に保存してあった動画を

再生されてしまう。

映し出されたのは案の定、各部屋の様子を撮影したものだった。それぞれに隠しカメラの設置場所が異なるようで、目線は天井、床の近くなど様々である。

動画はすでに編集されていた。着替えの場面や、半裸でのスキンケアなど、女性にとっては決して見られたくない場面のオンパレードだ。

カメラはかなり巧妙に隠されているらしい。被害者の女の子たちは、こちらにまったく視線を向けなかった。

(なんて卑劣なことをするんだ)

守介とて男である。もしも動画サイトでこれらのものを目にしたら、興味津々で視聴するかもしれない。

だが、なまじ現場に居合わせているために、正直なところ不快感しかなかった。

そして、最後にとんでもないものが再生される。

「え、これって?」

未悠がつぶやく。画面を注視した守介は、顔が次第に火照《ほて》るのを覚えた。

カメラは床に近いところにあるようだ。そのため、ベッドに寝そべっている人物の姿はほとんど見えない。

けれど、聞こえてくるなまめかしい声と、ベッドのかすかな軋みから、自慰に耽っているのは明らかだ。

『あ、あっ、ううう』

かなり極まっていると思える、煽情的なよがり声。なぜだか未悠は、再生を止めようとしなかった。それまでは何が映っているのか確認すると、すぐ次の動画に移ったのに。

画面から目が離せないのは守介も一緒だった。女の子の声に聞き覚えがある気がしたのである。

(もしかして……いや、まさか──)

そのとき、信じ難い言葉が耳に飛び込んできた。

『お、お兄ちゃんっ』

心臓が張り裂けそうになる。その言葉で守介は確信した。

(これ、やっぱり沙也加じゃないか！)

かつて何度も呼ばれたときと、声もイントネーションも一緒だ。間違いない。

つまり彼女は、罵っていた従兄をオナニーのオカズにしているというのか。

『お兄ちゃん、イッちゃう』

その言葉を聞くなり、未悠は再生をストップした。

恥ずかしい行為を盗撮されたのが誰なのか、彼女もわかったに違いない。後ろにいる守介を横目で振り返り、悲しそうな表情を見せたから。

だが、沙也加は未悠にとっても想いびとなのである。腸《はらわた》が煮えくり返っていたのは想像に難くない。

「まさか寮長ともあろうひとが、盗撮をするなんてねえ。このことを知ったら、寮のみんなはどんな顔をするかしら」

精一杯の厭味《いやみ》をぶつけても、心海は開き直ったみたいにそっぽを向いた。

「いちいちそんなこと言わなくてもいいから、さっさと警察に突き出しなさい」

捨て鉢な態度を目のあたりにして、守介は察した。

(こいつ、共犯者の存在を黙りとおして、自分ひとりで罪をかぶるつもりだな)

このままでは明らかにされるべき陰謀が、なかったことにされてしまう。そんなことになったら、被害者である沙也加に申し訳が立たない。

「そうはいかないんだけど。東城さんには共犯者のことを、きっちり喋ってもらうんだから。ううん。共犯者じゃなくて主犯かしら」

未悠の指摘に、心海が色めき立つ。そこだけは突かれたくないのだ。

「な、なに言ってるのよ。全部わたしがひとりでやったことなんだから。共犯者なんていないわよ！」

声を荒らげて否定するあたり、仲間がいると認めているようなものだ。やはり誤魔化すことが不得手なようである。

「あ、そう。てことは、寮への侵入口や屋根裏の通路、それから図面にない壁裏のスペースと、レクリエーションルームからの秘密の入り口も、東城さんがこしらえたのね。あと、隠しカメラの設置と、一部の部屋に覗き穴をこしらえたのも、全部東城さんの仕業だってことになるけど」

あのスペースや鉄梯子が元の図面になかったことは、守介が教えた。また、真穂の部屋の点検口にあった覗き穴は、未悠も気がついていた。

もっとも、その目的までは深く考えていなかったようだ。真穂が何者かに覗かれていた可能性を指摘すると、ようやく納得の面持ちを見せたから。

「そ、それは――」

心海が返答に詰まる。さすがに、すべて自分のしたことだと主張するのは無理があると察したらしい。

「だいたい、わたしは見たんだから。ゆうべ、東城さんの部屋に誰かが入るのを。そのあといやらしい声が聞こえたから、そいつとエッチしたんでしょ」

質問ではなく断定の口調で述べられ、彼女はさすがにうろたえた。密事の声まで聞かれていたとは、思いもしなかったようだ。

「そんな、わ、わたしは」

何も言えなくなり、悔しそうに顔をしかめる。しかし、まだ白状するまでには至らなかった。

「ほら、全部喋っちゃいなさい」

未悠が促しても、唇を引き結ぶのみ。これでは埒が明かない。

「しょうがない。だったら、カラダに訊くしかなさそうだね」

物騒な台詞《せりふ》に、心海はさすがにギョッとした面持ちを見せた。

「吾潟さん、東城さんを押さえてくれる？」

指示されて、守介は首をかしげた。

「押さえるって？」

「後ろっからギュッて抱いてくれればいいから」

雰囲気的に暴力を振るう様子はなさそうなので、言われるままに動く。ベッドに上がり、心海の真後ろに尻を据えると、彼女の腹のあたりに両腕を回した。

「ちょっと、やめてよ。け、汚らわしい」

心底嫌そうに罵倒され、守介は少なからず傷ついた。

心海は黒髪に銀縁のメガネと、見るからにお堅い印象だ。けれど、つい昨晩、男と抱き合ったばかりなのである。何も知らない処女ならいざ知らず、汚らわしいなんて言葉を口にする資格はない。

ただ、見た目こそお堅くても、肉体はこれまで関係を持ったふたりより成熟している感があった。さすが大学四年生で、最上級生なだけある。抱き心地がよく、室内着のトレーナー越しにもボディの柔らかさが感じられた。

そして、どうやらシャワーを浴びる前だったらしい。甘ったるい体臭と、ストレートの黒髪から漂う香りは、いかにも素のままという趣《おもむき》だ。

「ちょっと失礼」

未悠は、いったん守介の腕を緩めさせると、心海のトレーナーをたくし上げた。

盛りあがりの目立たないバストを包むのは、ねずみ色の地味なインナー。運動選手が好むような、カップのないハーフトップだ。

「バカッ、やめてッ」

非難されてもかまわず、未悠はインナーもずり上げた。

背後にいる守介には見えなかったものの、乳房があらわにされたのだ。肩越しに覗き込めば拝めたであろうが、そこまでするのはみっともない気がして、成り行きを見守った。

「へえ、けっこう綺麗なポッチだね」

ポッチとは乳首のことだろう。興味津々《しんしん》というふうに同性から観察され、心海はかなり恥ずかしかったようだ。

「イヤイヤ、やめてぇ」

さっきまで強がっていたのが嘘みたいに、弱々しい女に成り果てる。すぐ後ろに守介がいたことも、羞恥に拍車をかけたのかもしれない。

「こんなのはまだ序の口だよ」

あらわになった胸元に、未悠が手をのばす。

「きゃふッ」

心海がなまめかしい声をあげ、からだをガクンとはずませる。未悠が乳頭をつまんだのだ。

「ふうん。けっこう敏感だね」

感心した面持ちでうなずき、なおも愛撫する。

「だ、ダメ……いやぁ」

嬲《なぶ》られる女子大生の呼吸がはずみだす。本当に、かなり感じやすいようだ。

(やっぱり男に可愛がられてるんじゃないか)

守介は決めつけた。けれど、未悠はもはやなじることなく、年上の同性を弄ぶことに熱中する。

「ふふ、エッチな顔しちゃって。可愛い」

異性よりも同性との経験が豊富なだけある。両手を使い、嬉々として愛撫を続けた。頂上の突起だけでなく、乳肉も揉んでいるようだ。

さらに、おっぱいに顔を寄せ、突起に吸いついた。

「あひぃッ」

鋭い嬌声がほとばしる。心海は身をガクガクと揺すり、与えられる悦びに抗えない様子である。

チュッ、ちゅぱっ──。

軽やかな吸い音に合わせて、女体が感電したみたいにわななく。

「ひっ、いいい、あッ、あふっ、うふぅ」

多彩なよがり声が六畳間に反響する。もしも隣室に誰かいたら、間違いなく聞かれてしまっただろう。

（隣が空き室なのは、こういう声を聞かれないようにするためなのかも）

そして、寮の女子学生たちを怖がらせた怪しい声は、他ならぬここが発生源だったのではないか。すなわち、心海が男を迎え入れたときのよがり声。

実際、乳首を攻められるだけで、彼女は今にも達してしまいそうだ。

「だ、ダメ、あ、ああっ、しないでぇ」

切なげに身をよじり、すすり泣く。息づかいもかなり荒い。

しかしながら未悠のほうが、おっぱいだけでは満足できなかったようだ。

「東城さん、すごくいやらしい声が出てるよ。わたしもたまんなくなっちゃった」

艶声に煽られたのか、今度は下半身へと狙いを定める。ジャージズボンを脱がされても、心海はまったく抵抗しなかった。

寮長女子が穿いていたのは、黒いパンティだった。

大人っぽくセクシーなものとは異なる。かたちもスタンダードだし、レースなどの装飾もない。要は色が黒いだけで、親が子供に買い与えるタイプの綿の下着だ。

「ほら、もう濡れてる。お股にシミができてるよ」

至近距離でクロッチを観察した未悠が報告する。黒だと濡れても目立たなそうであるが、それでもわかるということは、かなりの愛液が染み出しているらしい。

「うう、いやぁ」

心海は嘆きながらも、腰をいやらしくくねらせている。すっかり未悠のペースにハマり、乗せられているようだ。

「じゃ、パンツも脱ぎ脱ぎしようね」

黒い薄物が腰から剝きおろされ、綺麗な脚をするすると下る。胸元もあらわになったままだから、ほとんど裸同然の姿にさせられたわけである。

それればかりか、心海は脚も大きく開かされた。

「イヤッ、見ないでっ」

悲鳴交じりの懇願も、どこまで本気だったのか疑わしい。なぜなら、彼女は開かれた脚を閉じようともせず、恥ずかしいところを晒したままだったのだ。

「東城さんって、毛が薄いんだね。マンコがよく見えるよ」

あられもない報告に、守介はいよいよ我慢できなくなった。

（ああ、おれも見たい）

暴かれた女芯を、この目で確かめたい。毛が薄いというが、どの程度なのか。また、花びらのかたちはどんなふうになっているのか。

残念ながら、心海の真後ろにいる限り、それは叶《かな》わない。

「まだシャワー浴びてないんだね。匂いがけっこう強いもん」

「ああ、言わないで」

「心配しないで。わたし、洗ってないマンコの匂いが好きなんだ」

フェチっぽい告白をし、未悠が同性の中心に顔を埋める。

「ああっ！」

ひときわ大きな声に続き、ピチャピチャと卑猥な舐め音が聞こえた。

「イヤイヤ、しないで——あ、ダメ、そこぉ」

嫌なのか、それともしてほしいのか、どっちつかずの艶っぽい反応。ただ、かなり感じているのは確かだ。

（すごい……本当に舐めてるんだ）

バイセクシャルだと聞かされていても、同性の性器に平気で口をつけられるなんて信じ難い。守介だって、どれだけ美男子であっても、そいつのペニスをしゃぶるなんて絶対に無理だ。

まあ、男同士のそういう行為は見たくもないけれど、女同士のそれには興味を惹《ひ》かれる。実際に目撃している今は、かなり昂奮もしていた。分身を硬化させ、ブリーフの内側で雄々しく脈打たせるほどに。

(おれも舐めたい)

未悠と一緒になって、心海の秘部に舌を這わせたい。正直な匂いを嗅ぎ、愛液も味わいたい。

その望みを口にするのはためらわれた。恥ずかしいからというよりも、女同士の淫らな戯れに、入り込む余地がなさそうだったのだ。

ここは黙って成り行きに任せるしかないかと諦めかけたとき、

「ダメダメダメ、あ、あっ、イヤぁッ!」

心海が声を上げてのけ反る。釣り上げられた魚みたいに、半裸のボディをビクッ、ビクッと震わせた。

(え、イッたのか?)

守介はあっ気にとられた。何の予告もなく、いきなり頂上を迎えたかのような反応だったからだ。

実際、心海はぐったりして、後ろの守介に体重をあずける。ハァハァとせわしない呼吸を繰り返して。オルガスムスを迎えたのは間違いないらしい。

「東城さんって、クリちゃんが弱いみたい」

顔をあげた未悠が、手の甲で口許を拭う。舐められて間もなく絶頂したから、そうだろうなと納得できた。

「でも、中はもっと感じるんだよ。わたしが指を挿《い》れたら、すぐイッちゃったから」

クンニリングスだけでなく、指も挿入したのか。それにより、たちまち昇りつめたらしい。

（中イキできるぐらいに、男とヤリまくってたんだな）

真面目な寮長なんて、単なる虚像だった。実際は男好きの、とんでもない淫乱だったわけである。

しかし、未悠はそんなふうに思っていないようだ。

「東城さんもわたしと同じだね」

「え、どういうこと？」

「オモチャでいっぱい気持ちよくなってたってこと」

未悠はベッドから離れると、心海の机の引き出しを開けた。一番下の大きいところを。

「これ、さっき見つけたんだ」

首を伸ばして中を見た守介は、目を疑った。そこにはバイブやらディルドーやらローターやら、さらには電動マッサージ機まで、女性に喜悦をもたらす器具のひととおりのものが入っていたのだ。

では、男を迎えて淫らな行為に耽るばかりか、ひとりでも快楽に耽っていたというのか。

(なんていやらしい子なんだ!)

さっきから持て余している勃起を用いて、心海にお仕置きをしたくなる。まあ、守介自身が気持ちよくなりたくて、彼女を犯したいというのが本音だが。

未悠は引き出しの中のオモチャを探り、中から奇妙なモノを取り出した。やけに長いバイブかと思えば、両端が亀頭を模したかたちになっていたのである。

「これ、わかる? 女同士で使うやつ」

言われて、守介はなるほどと理解した。両サイドをそれぞれの膣に挿入し、ふたりで快感を得る道具なのだ。

(あれ? てことは——)

浮かんだ疑問の答えを、未悠がすぐさま口にしてくれた。

「東城さんのエッチの相手って、女なんだね」

この指摘に、ぐったりしていた心海の肩がピクッと震える。彼女は瞼を閉じたまま、今さら何よと言いたげに眉根を寄せた。

「ゆうべ聞こえた声も、男女のエッチのときと違う気がしたんだよね。時間が長かったし、何回もイッってたもの。そのわりに、男の声が全然しなかったし」

秘め事の声を聞いて、未悠はもしやと疑いを抱いたようだ。おそらく、自身も女同士の経験があるからわかったのだろう。

「ねえ、ここまでバレちゃったんだから、そろそろ相手の名前を教えてよ」

その問いかけを無視するように、心海は黙ったままだった。辱《はずかし》めを与えられたために、教えてなるものかと意地になっているかに見える。

「まったく、強情だなあ」

やれやれと嘆息した未悠が、

「ねえ、こっちに来て」

と、守介を手招きする。

「うん」

心海を寝かせてベッドを降りるなり、ベルトに手をかけられた。

「え、ちょっと」

「東城さんに見せつけてあげようよ」

ズボンとブリーフがまとめて脱がされる。筋張って、逞しく反り返る牡器官があらわになった。

「ふふ、もうボッキしてたんじゃない。東城さんがイクのを見て、昂奮したの？」

悪戯っぽい目で見あげられ、恥ずかしくなる。だが、女子大生の柔らかな手に握られて、羞恥も消し飛んだ。

「おおお」

快美が背すじを駆け上り、腰がブルッと震える。いっそう伸びあがった肉色の分身の間近に、未悠の愛らしい面立ちがあった。

「わたし、おチンポの匂いも好きなんだ」

くびれ部分に鼻先を寄せ、すんすんと嗅ぎ回る。居たたまれなかったものの、妙にゾクゾクした。

「フェラしてあげるね」

いたいけな唇が、前に傾けた強ばりを咥える。頭を前後に動かし、肉胴に唾液をまといつかせると、舌をねっとりと絡みつけた。

「むうう」

守介は堪えようもなく呻いた。なんだか、昨日よりも上達した気がする。

横目で確認すると、ベッドの上の心海が目を見開き、こちらを凝視していた。面差しに驚きと、悩ましさを浮かべて。

下半身と乳房を丸出しにした彼女に、守介は情欲を滾《たぎ》らせた。

第四章　熟女教授と三人プレイ

1

未悠の口唇愛撫はねちっこい。痒いところに手が届くならぬ、気持ちいいところに舌が届くという按配《あんばい》だった。

何しろ、感じるポイントを舌先が的確に刺激し、脈打つモノを吸い立ててもくれる。こびりついていた味や匂いは、すでに消えているだろう。

口だけでなく、手も使われた。指の輪が口からはみ出した肉棹を摩擦し、もう一方の手が真下の陰嚢にも添えられる。

急所をすりすりと撫でられるのは、くすぐったくも快い。フェラチオの快感が何倍にも増幅されるようだ。

（うう、気持ちいい）

守介は膝を震わせ、息づかいを荒くした。どうにか立っていたものの、今にも坐り込みそうなところまで高まっていたのだ。

「ふはっ」

漲りきった牡棒から口をはずし、未悠がひと息つく。自身の唾液にまみれたそれを、ヌルヌルとしごいた。

「すごく硬くなったよ」

目を細めて報告されても、何と答えればいいのかわからない。馬鹿みたいに「うん」とうなずくので精一杯だ。

ベッドを見ると、横たわった心海が焦《じ》れったげに腰をくねらせている。早く縛《いまし》めを解けと訴えているようながら、実は男根奉仕を見せつけられ、たまらなくなっているのではないか。

（ていうか、共犯が女性ってことは、東城さんはレズなのか？）

未悠の話では、そいつと長時間愛欲に耽っていたようである。

もちろん、未悠のように男女どちらもＯＫという可能性もある。だが、初対面の守介に敵意をあらわにしたから、男を避ける傾向がありそうだ。

まあ、あれは寮内を調べられ、不都合なものが見つかったらまずいという焦りの表れだったとも考えられる。

ともあれ、仮に真性の同性愛者であるのなら、ペニスをしゃぶられる場面に昂奮するだろうか。むしろ嫌悪すると思うのだが。

「東城さん、このチンポ、マンコに挿《い》れたくない？」

未悠の問いかけに、心海がハッとして身じろぎする。

「だ、誰が――」

今さらのようにそそり立つ秘茎から視線をはずしたものの、頬がやけに赤い。本心では逞しいモノを迎え入れたいようだ。

「いつもオモチャでピストンされて、気持ちよくなってるんでしょ。でも、本物のチンポのほうが、もっと気持ちいいんだよ。わたしもディルドーで何回もイッたけど、このおチンポを挿れられたら、何十倍も感じたんだから」

守介が眉をひそめたのは、未悠の発言が大袈裟だと思ったばかりではない。ふたりが関係を持ったことを、簡単にバラしてしまったからだ。

もっとも、オーラルセックスの場面を見せつけているのである。深い関係にあると、とっくに見抜かれているだろう。

「そ、そんな汚らしいモノ、挿れたくなんかないわ」

またも傷つくことを言われ、守介は落ち込むよりも腹が立った。

(悪事を働いておきながら、何なんだよ、その態度は)

反省のかけらも見られない。いよいよお仕置きが必要なようだ。

「じゃあ、代わりにお気に入りのモノを挿れてあげるね」

未悠は立ちあがると、引き出しの中から性具をひとつ取り出した。男根を模したディルドーだ。それも、かなり大振りの。

くすんだ肌色のそれは、肉胴のスジや血管、くびれの段差やたるんだ包皮、陰嚢のシワに至るまで、リアルに再現されている。亀頭だけが赤っぽく塗られているのも生々しい。

「これ、けっこう使い込んでるよね。細かなひび割れがあるし、表面もざらついてるもの。何回ぐらいマンコに挿れたの？」

笑みを浮かべての質問に、心海は仏頂面《ぶっちょうづら》を決め込んだ。そのくせ、腰がモジモジしているようなのは、お気に入りのオモチャを前にして、肉体が条件反射的に淫らモードになったのか。

「欲しくなってるんでしょ。お望みどおりにズポズポして、気持ちよくしてあげる」

ベッドに近づいた後輩の女子大生に、心海はハッとして焦りを浮かべた。

「い、いや……やめて」

「イヤよイヤよも好きのうちってね」

古めかしい言葉を口にして、未悠がベッドに上がる。だが、半裸の寮長が両膝をぴったり閉じたものだから、面白くなさそうに唇をへの字にした。

「素直じゃないなあ。吾潟さん、ちょっと手伝って」

呼ばれて、守介もベッドに乗った。いきり立つ分身を振り立てながら。

「東城さんを後ろから抱っこして、膝を抱えてちょうだい。赤ちゃんにオシッコをさせるときみたいに」

「わかった」

「ちょ、ちょっと、やめてってば」

心海は抵抗したものの、後ろ手に縛られていてはどうにもならない。男の力にも敵わず、M字開脚のポーズをとらされた。

「イヤイヤぁ」

無駄だと知りつつ、膝から下をジタバタさせる。相変わらず守介には見えないが、またも秘所を未悠の前に晒すことになった。

「あれ？　マンコから新しいジュースがこぼれてる。やっぱり待ちきれないみたいじゃない」

年下の同性に指摘され、心海が「うう」と呻く。おそらく、悔し涙を浮かべていることだろう。

手にした性具を顔に近づけ、未悠は亀頭部分をすんすんと嗅いだ。

「うん、すっごくエッチな匂い。東城さんのマンコの匂いが染みついてるわ」

ついさっき、彼女は心海の正直な秘臭を嗅いだばかりなのだ。それと同じものが残っているというのか。

「いやぁ」

黒髪にメガネの生真面目ふう女子が嘆く。端から見れば、純情な処女がイジメに遭っているかに映るだろう。

「挿れる前に、しっかり濡らさないとね」

ディルドーの先っぽを、未悠が口に入れる。さっき守介にしたフェラチオを、無機的な器具に施した。

唾液に濡れた疑似男根が、ヌメヌメと鈍く光る。ますます本物そっくりのリアルな眺めを呈した。

「や、ゃめなさいよ、バカ」

心海がなじる。愛着のある品をしゃぶられ、好きな男を奪われたような心持ちになったのであろうか。

未悠はディルドーを口から出すと、わかってるわよと言いたげに頰を緩めた。

「心配しなくても、東城さんの恋人を取ったりしないから。ちゃんとマンコに挿れてあげる」

「くうう」

生々しさを際立たせる器具を、年上の女の秘苑へ差しのべる。

心海がのけ反り、守介に抱えられた膝を震わせた。

「うわ、マンコがグチョグチョだ」

卑猥な粘つきが聞こえる。しかし、まだ挿入されていないようだ。赤い頭部を、敏感な苑にこすりつけているのではないか。

「ああ、あ、やめて……」

力のない訴えに、未悠は嗜虐心《しぎゃくしん》を募らせたらしい。

「ウソばっかり。挿れてほしいくせに。ほら」

「はあああああっ！」

ひときわ大きな嬌声が響き渡る。今度こそ巨大な性具に犯されたのである。

「うわ、すごい。根元まで入っちゃう」

「おぅ、おぅ、おほぉ」

心海が低い喘ぎをこぼし、半裸のボディを痙攣させる。挿入されただけで軽いアクメに達したのではないか。

しかし、本番はこれからである。

「ほら、もっと気持ちよくなりなさい」

未悠が腕を前後に動かす。予告どおりにディルドーを抽送《ちゅうそう》し、狂おしいまでの快感を与えた。

「うはっ、あ、ぐぅう、う、おお」

肉体の深いところで感じているとわかる、野太いよがり声。心海は真面目な寮長の仮面をかなぐり捨て、快楽に溺れる一匹の牝に成り果てていた。

（いやらしすぎる……）

挿入場面は見えていなくても、守介は悩ましい昂《たかぶ》りにまみれていた。カウパー腺液を多量にこぼす屹立を、無意識に心海のヒップにこすりつける。

「うわ、マンコがキツくなった。もうイッちゃいそうなんだね」

嬉々として同性を嬲る未悠は、生き生きしていた。女同士の行為でも、こんなふうにパートナーを攻めているのだろうか。

そういう役割を「タチ」と呼ぶというのは、知識としてあった。だが、そんなことはどうでもいい。今はタチよりも、勃《た》ちまくっている己身をどうにかしてほしかった。

「あう、う、ううう、い、いぐ……」

心海がいよいよ快感の極みに達しようとしたとき、未悠は無情にも、ディルドーを蜜穴から抜き去った。

「え？」

おそらく心海は、唖然となったのだろう。その表情は守介には見えなかったが、絶望も浮かべていたのではないか。

「イキたいんでしょ？　イキたかったら、お相手の名前を教えなさい」

未悠が交換条件を告げる。さっき口にした「からだに訊く」とは、快楽で支配するという意味だったのか。

「――だ、誰が言うもんですか」

息を荒ぶらせながらも、心海が拒絶する。

「ふうん。いつまで抵抗できるかしら」

未悠が動く。ぢゅぷっと、卑猥な濡れ音がした。

「おほぉッ！」

心海がのけ反る。またも疑似ペニスに犯され、電撃でも喰らったみたいに四肢をわななかせた。

「ほらっ、ほらっ、こういうのはどう？」

ノリノリで女体を攻める未悠。いいように弄《もてあそ》ばれる心海は、喉が破れそうにゼイゼイと喘いだ。

「だ、ダメ……奥ダメぇ」

「ふうん。やっぱり奥をズンズンされるのが気持ちいいんだね」

やっぱりということは、未悠もそうなのだろうか。

「ち、ちが――」

「違わないでしょ。ほら」

「おひっ、ひいいい、い、いぐっ、いぐぅううう！」

オルガスムスへと駆けあがった心海であったが、またも寸前で梯子をはずされる。

「いやぁ、もぉ」

身を震わせ、駄々っ子みたいにしゃくり上げた。

「イカせてほしかったら、さっさと白状しなさい。ほら、今度はこうしてあげる」

「おひっ、ヒッ、いいいいいっ！」

悩乱の声を発する心海は、全身が線香花火の発火部分のようになっているのが窺える。パッパッと火花を散らし、赤々と燃えたぎっているのだ。本物の線香花火は燃え尽きてしまうが、彼女は爆発を望んでいた。

「イカせて……イカせて、お願ぃ」

「喋ればイカせてあげるわよ」

そんなやりとりを何度も繰り返し、心海は脳が蕩《とろ》けきっていたのではあるまいか。おまけに、未悠が肌のどこに触れても、ビクッと鋭い反応を示す。全身が性感帯みたいなものであり、もはや陥落は時間の問題であったろう。

「わ、わかりました……言います」

泣きべそ声で観念した先輩女子に、未悠は小気味よさげな笑みを浮かべた。

「けっこう頑張ったわね。敵ながらあっぱれよ。褒めてあげる」

偉そうに賛辞を送ってから、

「それで、誰なの？」

白い牝汁がべっとりまといついたディルドーを、ナイフのごとく鼻先に突きつけて質問する。

「……西脇《にしわき》先生」

「え？」

「家政学科の、西脇貴美子《きみこ》准教授よ！」

ヤケ気味に告げられた人物を、守介はもちろん知らなかった。けれど、

（待てよ、西脇……？）

その苗字に憶えがある。特に珍しい姓ではないから、過去のクラスメートにいたのかもしれない。

いや、つい最近目にしたと思うのだが。

「あー、西脇センセね」

未悠がなるほどというふうにうなずく。侮蔑の眼差しを浮かべて。

「知ってるの？」

「うん。一年生のときに講義を取ったから」

「どんなひと？」

「もうね、贔屓《ひいき》がすごいの。可愛い子にばかり目をかけて、レポートにもいい点数をつけてたのよ。頭がお花畑の人間が書いた、中身のないゴミみたいなやつに」

辛辣な批判からして、かなりの私怨がありそうだ。

「でも、可愛い子に目をかけてたのなら、未悠ちゃんも気に入られたんじゃないの？」

お世辞でもなくそう言うと、彼女ははにかんで「ありがと」と答えた。

「わたしは、そういう贔屓するような先生って大嫌いだから、ずっと反抗的だったの。そうしたら、成績は見事にBマイナス。レポートもいいものを書いたし、試験も満点に近かったのに」

憤懣《ふんまん》やるかたない面持ちの未悠に、守介は同情した。生徒や学生を差別する教師なら、守介も過去に何人か出会ったけれど、そこまで極端ではなかった。

（ていうか、女性なのに可愛い女子学生が好きなのか）

准教授ともあろう人物が、そこまで性格が歪んでいるなんて。

「西脇センセも紅薔薇女子大の出身なのよ。寮にも入っていたんだって」

「え、そうなの？」

「最初の自己紹介でそう言ったもの。もしかしたら寮でレズを教え込まれて、妙な趣味を持つようになったんじゃないかしら」

その可能性は大いにありそうだと、守介も納得した。

未悠とてバイセクシャルだが、それは人間を性で差別しないという信条に依《よ》るのである。要は公平公正ということだ。だから贔屓するやつを嫌うのだろう。

そして、守介はようやく思い出した。

「あ、そうだ。リフォーム工事の責任者が、西脇って名前だったよ」

「え、西脇？」

「図面にない工事をするには、現場を取り仕切るだけの力がないと駄目だから、工事関係者に協力者がいるはずなんだ。その西脇ってやつが西脇准教授の身内だとしたら、うまく言いくるめられて、工事内容を変更したんじゃないかな」

「どんなふうに？」

「たとえば、寮の風紀が乱れているから、学生を監視する設備が必要だとかって」

「なるほど……」

「東城さんが立候補して寮長になったのも、西脇准教授の指示なんじゃない？　何かのときには、寮長が子飼いだったほうが役に立つし、仮に管理人の佐巻さんに怪しまれても、東城さんなら信頼されているし、誤魔化すことができるからね」

守介の推察を、心海は否定しなかった。ただ気怠げな呼吸を繰り返すのみ。やはりそうなのだ。

（こうなったら、今度はその西脇って准教授に、すべて白状してもらわなくちゃなら

ないな)

しかし、決して容易ではあるまい。すべての黒幕であり、狡猾《こうかつ》なのは確実だ。准教授なら知恵もあるだろう。

おそらく、バレたときのこともすべて想定し、対策を練っていると考えられる。そんな人物とまともに対峙して、勝てる気はまったくしなかった。

しかも、年上の女性なのである。

(准教授なら、四十歳ぐらいかな)

二十四歳で、しかも童貞を卒業して日の浅い守介など、単なる若造に過ぎない。ひょっこだと馬鹿にされるのが落ちだ。

「もういいでしょ。さっさとイカせてよ」

投げやりな態度の心海に、未悠が「わかったわ」と答える。

「吾潟さん、東城さんを離してあげて」

「あ、うん」

M字ポーズから解放され、心海がひと息つく。ベッドに寝転がり、

「ほら早く」

恥ずかしげもなくディルドーの挿入をせがんだ。順番から言えば、先に縛めを解か

せるべきなのに。とにかく絶頂したくてたまらないと見える。

するると、未悠が予想もしなかったことを口にした。

「吾潟さん、挿れてあげて」

「え？」

「おチンポ」

守介も驚いたが、このやりとりが耳に入った心海はそれ以上であったろう。

「ちょ、ちょっと、なに言ってるのよ」

「ディルドーもいいけど、おチンポのほうがもっと気持ちいいから、そっちを試させてあげるわ」

恩着せがましいことを言われても、到底納得できなかったに違いない。

「い、いらない。心から遠慮しとくわ」

拒否反応をあらわにされても、未悠は気にしなかった。

「いいから、一度試してみて。ほら、吾潟さん」

「う、うん」

いいのかなとためらいつつ、守介は心海の前に進んだ。脈打つ分身は、穴があったらどこでも入りたいというほど、猛《たけ》りまくっていたのである。

「いやぁ、や、やめてぇ」

後ろ手に縛られたまま、心海が後ずさる。そんなにおれが嫌なのかと、守介はまた落ち込みそうになった。

しかし、そうではなかったのだ。

「怖がるのは当然よね。東城さん、バージンなんだし」

この指摘に、心海が悔しげに顔を歪める。

(え、本当に？)

ディルドーで激しくよがっていた彼女が、男性未経験とは意外であった。

いや、同性としか快楽を貪ってこなかったのならあり得る話だ。けれど、さっき守介がフェラチオされるところを凝視したのである。それも興味を惹かれたふうに。処女なら目を背けるか、嫌悪感を示すのではないか。

「でも、心配しなくていいよ。処女膜なんて、ディルドーでとっくに破れてるんだし、チンポを挿れられても痛くないから」

「でも……」

「ていうか、すっごく気持ちいいんだから。わたしが保証してあげる。東城さん、きっと鬼みたいによがっちゃうから」

その喩《たと》えはいかがなものかと思ったが、心海は俄然興味を惹かれた様子であった。そもそも疑似ペニスは何度も使用しているのだし、要はナマ身か無機物かの違いだけなのである。

「じゃあ、ちょっとだけ」

「ま、ちょっとだけじゃ済まないと思うけどね。ほら、吾潟さん」

未悠に促され、守介は膝を開いた正座の格好で前に進んだ。太腿で処女寮長のヒップを挟み、反り返るイチモツを前に傾ける。

「ああん」

恥じらいの声を洩らしつつ、心海は脚を大きく開いた。初めて男の前に女芯を晒すのだ。

(これが東城さんの――)

ようやく目の当たりにできた秘め園に、胸が高鳴る。

疎《まば》らな縮れ毛が逆立ったヴィーナスの丘。その真下では肉色の花びらがほころんで、ハートのかたちになっている。

あらわに晒された中心は桃色の粘膜で、中心よりややアヌス側に、膣口がぽっかりと開いていた。太いディルドーを出し挿れされた名残なのか。

（これ、いやらしすぎるよ）

まさに淫華という眺めに、守介は欲情を余儀なくされた。硬化して反り返ろうとする肉槍の穂先を、どうにか恥裂にあてがう。

さっき、あんなに嫌がったのが嘘のように、心海は昂りに濡れた目を見せている。未悠にけしかけられたことで、生ペニスがどんなに気持ちいいのかと、期待が高まっているようだ。

「挿れるよ」

いちおう声をかけてから、守介は腰を前に送った。

にゅぷり――。

たっぷりと潤っていた蜜窟が、牡の猛りを抵抗なく受け入れる。根元まで熱さに包まれると同時に、

「いいいいいッ！」

心海がのけ反り、身を強ばらせる。ピクッ、ビクッと下腹が波打った。

（え、なんだ⁉）

瀕死を思わせる反応に、守介は怖じ気づいた。本物の男根が、バージンに悪い影響をもたらしたのかと思ったのだ。

しかし、それは早合点であった。

「う、ウソ……」

心海が譫言《うわごと》のようにつぶやき、ハッハッと呼吸をはずませる。それが次第にゼイゼイと、荒々しいものに変化した。

「吾潟さん、動いて。ズンズンしてあげて」

未悠の呼びかけて、慌てて腰を振り出す。年下女子の陰部に股間を勢いよくぶつけると、

「おぅ、おぅ、おおぅ」

と、唸りのようなよがり声が放たれた。

「すごい……これ、いいっ、いいの、もっとぉ」

感じているのが明らかになり、守介は俄然張り切った。心海をもっと乱れさせるべく、膣奥を狙って蜜穴を穿つ。

「あああ、いいっ、チンポいいッ」

卑猥な単語を口にするのは、生真面目でお堅い印象が強かった女子学生だ。メガネをかけた理知的な容貌を、今は淫らに蕩けさせている。

（うう、気持ちいい）

感じているのは守介も一緒だった。膣内のヒダが肉根に絡みつき、抽送するたびに内部からグジュグジュと猥雑な粘つきがこぼれた。

「ぐぅう、お、奥いいっ、オマンコの奥いいッ」

公では許されない四文字まで口にされ、頭がクラクラする。

「ね、生チンポのほうがずっといいでしょ」

先輩女子に煽られたのか、未悠の言葉遣いもはしたなくなった。もっとも、その問いかけに答える余裕は、心海になかったようである。

「ああ、ああ、いいッ、オマンコ溶ける、イッちゃう」

早くも念願だった頂上に向かう彼女は、綺麗な黒髪を振り乱し、メガネもずり落ちそうだ。半開きの唇の端に、ヨダレの泡が見えた。

そして、最後の瞬間が訪れる。

「イクイクイクイク、イクッ、イグぅっ、オマンコいぐぅううううっ！」

野太いアクメ声を放ち、愉悦の極みに至る。「うっ、うぐぅ」と呻き、強ばった四肢を細かく痙攣させた。

（すごい……）

激しすぎるオルガスムスに、守介は圧倒された。おかげで、分身が強烈な締めつけを浴びたにもかかわらず、爆発せずに済んだのである。

「――はっ、あはッ、あ、はあぁ」

脱力した心海は、過呼吸のような息づかいだ。心臓マヒでも起こすのではないかと心配になる。

「吾潟さん、やめないで」

未悠に言われて我に返る。絶頂したばかりなのに、まだピストン運動を続けろというのか。

（どうなっても知らないからな）

キュウキュウと圧迫してくる蜜穴に逆らうように、守介は強ばりの出し挿れを再開させた。

「あはぁあああっ！」

心海が叫び、頭を前後にガクガクと振る。とうとうメガネが落ちてしまった。

「ダメッ、ダメッ、イッたのぉおおっ」

そんなことはわかっていると胸の内で返答し、硬肉を力強く送り込む。内部がさっきよりも熱い。

「イヤイヤイヤ、だ、ダメ、おがじぐなるぅ」

彼女は奥を突かれるたびに、「おぐっ」と動物的な呻きをこぼす。ディルドーで攻められた以上の悦びに翻弄《ほんろう》されていた。

(あっちのほうが大きかったのに)

太さも長さもある性具は、ペニスが届かないところも突いていたはずだ。なのに、どうして今のほうが感じるのだろう。

やはり人間同士の交歓が最も快いのか。そんなことを考えながら腰を振るあいだに、心海は二度目の極みに至った。

「あああああ、イクイク、イクイクイク、またいぐぅううう」

ガクッ、ガクンと、エンストした車みたいに女体を揺らす。「うっ、ぐふっ」という唸り声は、ボディブローを喰らったボクサーのようだ。

(まだイクのかな)

今度は未悠に言われずとも、守介は抽送を続けた。こうなったら徹底的にやってやろうと思った。

「ダメダメ、い、イッてるのぉ」

心海がイヤイヤとかぶりを振る。牝腰も逃げようとくねった。

だが、後ろ手に縛られたままだから、思うように動けないらしい。そのままピストンを許してしまう。

「おおおお、ち、チンポぉおお」

卑猥なことを口走り、うぐうぐと喘ぎを詰まらせる。彼女は半白目になっており、まさに昇天間近という風情。

「チンポ、ちんぽぉおお、お、よ、よすぎるぅうッ」

淫らすぎる反応を見せられ、守介にも限界が迫ってきた。

(うう、出そうだ)

鼻息がふんふんと荒くなる。それで察したのか、未悠が横から覗き込んできた。

「イキそうなの？」

「うん」

素直に認めると、彼女は心海に話しかけた。

「吾潟さん、精液が出そうなんだって。ロストバージンの記念に、マンコにたっぷり中出ししてもらおうね」

これを聞いて、瞬時に正気に戻ったらしい。

「い、イヤッ、ダメぇっ」

心海が涙混じりに訴えた。

「え、どうして？」

「だって……妊娠しちゃう」

当たり前すぎる返答に、未悠はクスッと笑みをこぼした。

「だいじょうぶ。わたし、アフターピルを持ってきたから。あとで飲ませてあげるわ」

最初からこの展開に持ってくるつもりで、そんなものまで用意していたのか。

心海も安心したらしい。それならと、初体験ですべてを受け入れるつもりになったようだ。

「ね、ねえ、オマンコにザーメン注いで」

露骨な願いを口にして、艶めいた眼差しを向けてくる。

(なんてエロいひとなんだ)

すでに化けの皮の剝がれている優等生ふうな女子大生を、守介はこれまで以上に激しく責め苛んだ。

「あ、あ、お、おぐぅうう」

剛棒をリズミカルに出し挿れされ、心海が淫らに舞う。半裸体をくねくねさせ、ベッドを軋ませた。

ぢゅっぢゅっぢゅっ——。

抉《えぐ》られる蜜芯が、愛液の雫を飛ばす。ふたりの股間をじっとりと湿らせた。

「あぐっ、ぐうう、チンポ、ちんぽぉ、もっとぉ」

はしたないおねだりに応えるように、腰の振れ幅を大きくする。女芯を出たり入ったりする筒肉に、白く泡立った愛液がまといついた。

「おお、おおお、ま、またいぐ、いぐぅ」

三度目のエクスタシーに向けて走り出した若い肢体に、撥《は》ね飛ばすほどの勢いで腰をぶつける。結合部からたち昇るのはケモノっぽいセックス臭で、それも牡の劣情を煽った。

「うう、で、出るよ」

守介がめくるめく瞬間を捕らえたのと同時に、

「あひっ、いっ、いいいい、い、イクッ、イクッ、いぐいぐいぐぅうううっ！」

心海も最高潮を迎える。バネの壊れた人形みたいに、身をはずませた。

「むはっ」

守介は息の固まりを吐き出し、彼女の奥に濃厚なエキスを解き放った。からだがバラバラになりそうな歓喜にまみれて。

（これがセックスなのか——）

恐怖と紙一重の快感を味わい、びゅるびゅると射精する。間もなく訪れた気怠い余韻に、ベッドに寝転がりたくなったとき、

「ねえ、わたしにもして」

未悠が甘い声でねだる。夜はまだまだ終わりそうになかった。

2

(——え?)

意識が戻り、目を開けたはずなのに、何も見えない。おまけに、からだも動かせなかった。

(どうなってるの?)

西脇貴美子は不安に苛まれた。いったい何が起こったのか、妙にぼんやりする頭で、ここに至るまでの経緯を懸命に思い出す。

たしか懇意にしている女子学生が教官室にやって来たのだ。

大学の学生寮で寮長を務める彼女は、貴美子と親密な関係にあった。好みなのは童顔の、小動物系の女の子だが、彼女は従順だし、無条件で慕ってくれる。入学したと

きから惹かれていたと告白して、初めても捧げてくれたのだ。

そんなふうに一途だから、貴美子に協力し、他の寮生たちの盗撮映像を収集する手助けもしてくれる。女子大生の日常を観察し、研究に役立てるという出鱈目な意図も信じて。先生のためなら何でもやりますとまで言ってくれた。

だからこそ、身も心も愛してあげている。

彼女と情を交わすのは、寮の部屋に限られていた。そのときは貴美子が、秘密の入り口を通って訪問するのである。様々なオモチャを用いただけあって、若いカラダは充分に開発され、いやらしい反応を示すまでになった。

貴美子のほうも、彼女に快楽の奉仕を求める。三十八歳で独身ゆえ、肉体は独り寝が寂しいほどに熟れている。持て余し気味の欲望を自らの指で慰めるよりも、若い女子学生にあれこれしてもらうほうがずっと快い。

そういう関係にあることを、学内では決して匂わせないよう注意した。あくまでも教え子と指導教官なのであり、決してなれなれしくしてはならないと、彼女にも念を押していた。

それでも、教官室でふたりっきりになれるのは嬉しい。もちろん、寮の部屋でしているようなことはできないし、普通の会話をするだけなのだが。

ここには応接セットもあり、書棚に囲まれていてもわりあいに広い。研究に没頭できるよう壁も防音になっているから、ドアをロックして行為に及べば、他にバレる心配はないだろう。

しかしながら、やはり学内である。慎重を期すに越したことはない。

彼女がコーヒーショップでお気に入りのラテを買ってきてくれて、応接セットで向かい合い、ふたりでそれを飲んだ。話をするあいだにやけに眠くなり、気がつけば夢の世界に落ちていた。

そして、現在に至る。

(……まさか、あの子がラテに何か入れたんじゃ——)

その疑念が胸に湧いたところで、

「起きたみたいだね」

声が聞こえてドキッとする。寝起きみたいな状態にあった頭の霧が晴れ、完全覚醒した。

それにより、自身がどんな状況にあるのか、ようやく理解した。

(縛られてるの、わたし?)

腕を後ろに回され、バスローブに使うような布製らしき紐で、厳重に固定されている。手首ばかりか、肘のあたりまで。

それに、さっきから胸が詰まるような息苦しさを覚えていた理由もわかった。意識を失うまで、教官室の応接セットであの子と話をしていた。そのソファーの上で膝をつき、上半身を伏せてヒップを掲げた、破廉恥《はれんち》な姿勢を取らされているのである。何も見えないのは、アイマスクを付けさせられているからだろう。

「だ、誰なの？」

問いかける声が震えてしまったのは、あまりに無防備なポーズで、しかも抵抗できないからだ。

「見ればわかるんじゃない？」

アイマスクがはずされる。横に視線を向けると、見覚えのある女子学生がいた。

（この子は――）

去年講義を取っていた子だ。可愛いから目を掛けようとしたのに、やけに反抗的だった。そのため、可愛さ余って憎さ百倍、不可でこそなかったものの、かなり悪い評価をつけたのだ。

それを根に持って、復讐しに来たというのだろうか。

「お久しぶりです、センセ」

厭味っぽい口調で挨拶され、自然と顔が険しくなる。たしか名前は萩原未悠。けれど、彼女の横にいる、やけに体格のいい女性は記憶になかった。フォーマルっぽいスーツ姿だし、学生ではなさそうだ。

(誰なの、このひと?)

挑発的で堂々とした未悠と異なり、どこか落ち着かない様子である。無理やり付き合わされて来たというのか。

「あ、あなたたち、どうしてこんなことを」

精一杯の威厳を見せたつもりだが、彼女たちには通用しなかった。

「西脇センセに反省してもらおうと思って」

未悠が腕組みをし、目を細めて告げる。年上を年上とも思わない小生意気な態度にイラッとした。

「成績のことでしょ。あれは——」

「じゃなくて、寮内での盗撮行為と淫行、それから覗きね。あと、大学の許可を得ていないリフォームも」

指摘され、背中を汗が伝う。まずいと悟った。

(この子たち、みんな知ってるっていうの⁉)

いったいどうしてという疑問も、すぐに答えが見つかる。

（あの子が喋ったのね）

ラテに薬か何かを盛ったと思われる女子学生——東城心海が、すべて白状したのだ。

あんなに可愛がってあげたのに、なんて恩知らずなのだろう。

しかも、こんなやつらに協力するなんて。姿が見えないところをみると、顔を合わせづらくて帰ったらしい。

「もうわかってるみたいだけど、東城さんが全部教えてくれたの。センセに命令されて、盗撮映像を集めてたって。ただ、真穂ちゃんの部屋の覗き穴は知らなかったみたいだけど。あれは、カメラを仕掛けていない部屋に可愛い子がいると知って、センセがあとから天井の点検口のフタを交換したんでしょ」

事実だったから反論できない。貴美子は悔しくて、口許を歪めるのみだった。

「もちろん、寮の部屋で東城さんと西脇センセが、いやらしいことをしてるのも知ってるわよ。わたしは隣の部屋で、エッチな声を聞いたから」

あそこは空き室のはずだ。睦言《むつごと》の声を聞かれまいと、部屋を割り当てるときに誰も入居させないよう、心海に命じたのである。ドアには鍵がかかっているし、どうやって入り込んだのか。

（まさか、この子も天井裏から？）

あの隠しドアと秘密の通路の存在を知って、もぐり込んだのか。レクリエーションルームにも脱出用の点検口を作ったから、そっちから入った可能性もある。

天井裏を改造したせいか、よがり声が離れたところまで届いてしまうのはわかっていた。誤算ではあったが、寮生たちが幽霊の声だと思い込み、その時間は廊下にも出なくなったのは好都合だった。

だが、隣の部屋で聞かれたのでは、誤魔化しが利かない。

「東城さんは、西脇センセに尽くしてたのよ。でも、薄々勘づいてたみたい。盗撮映像が研究のためじゃなくて、単にセンセの趣味だってことに。真穂ちゃんの部屋の覗き穴を教えたら、やっぱりそうだったのかって確信したみたいだけど」

「勝手なこと言わないで」

いよいよ我慢できなくなり、貴美子は反論した。

「あの映像は研究のためよ。決まってるじゃない。収集方法は違法だったかもしれないけど、研究のためには仕方ないわ。女性患者の性器を無断で撮影して、統計資料として本を出した医者だっているんだからね」

「そんな言い分が大学に通用するの？　あの映像を学長に見せたら、なんて言うかしらね。ま、クビは確実だと思うけど」

未悠が余裕たっぷりに言い返す。正直、痛いところを突かれた。

「う、うるさいわねえ。学生の分際で、偉そうなこと言わないで」

「それから、寮のリフォーム工事を請け負った会社の西脇さんは、西脇先生の伯父さんなんですよね」

未悠の横にいる人物が、初めて口を開いた。やけに低いトーンの声で。

(え、男なの?)

貴美子はようやく気がついた。何者かが女装しているのだと。

おそらく、男の姿のまま女子大の中をうろつくと、怪しまれると踏んでなのだろう。メイクもばっちり決めているから、ぱっと見ではわからなかった。

「問題のある学生を監視するために必要だと説明して、図面にない工事を頼んだみたいですけど、大学側に話が通っていない旨を伝えたら、かなり慌てていましたよ。話が違うって」

そこまで調べたのかと、絶望に苛まれる。すべてバレているのだ。

「あ、ちなみにワタシ——おれは、事情があってこんな恰好をしてますけど、寮の点検と調査を請け負った炉縁メンテナンスの社員で、吾潟守介といいます」

名乗られて、そういうことかと理解する。異音と水漏れを調べる業者が入ると心海に聞かされ、彼女はかなり心配していたが、貴美子は大丈夫だからと執《と》り成《な》した。外からの入り口もうまく隠してあるし、天井裏のあれも、単なる点検用の通路にしか見えないと。

（迂闊《うかつ》だったわ……）

今さら悔やんでも遅い。

おそらく怪しい声だけだったら、管理人も業者など頼まなかったであろう。不可解な水漏れもあったために、メンテナンス業者を寮に入れたのだ。

あれは、盗撮映像をパソコンに取り込む作業のとき、心海が持参したペットボトルを倒し、水がこぼれたのである。また、貴美子自身も、真穂の部屋を覗くなど寮の裏側を動き回る際、同様に飲み物をこぼした。

あんなミスさえしなければ、こんなことにならなかったのに。

「……それで、あなたたちの目的は何なの？」

どうにでもなれと、荒んだ心持ちで訊ねる。通報され、大学も解雇させられ、社会的生命を抹殺されるのだ。快楽の代償として。

「盗撮した映像を、すべて出しなさい」

未悠が命じる。

「東城さんの部屋にあったパソコンのデータはすべて消去したけど、西脇センセはあれをメモリースティックにコピーして持ち帰ったんでしょ。それさえ出せば、警察にも大学にも黙っててあげる」

「え、本当に？」

一筋の光明が差し、貴美子は胸をはずませた。

「だって、こんなことが公になったら、傷つくのは寮の女の子たちだもの。何もなかったことにするのが一番いいのよ」

言ってから、未悠が眉をひそめる。

「まさか、映像を外部に流出させてないわよね？」

「し、してないわ」

「だったらメモリーは？」

「デスクの一番上の引き出しよ。鍵がかかってるところ。あ、鍵はデスクの上にあるペン立ての中」

素直に教えたのは、罪に問われずに済むという喜びからだった。

未悠が引き出しのメモリースティックを出してくる。全部で十本以上あった。

「これで全部なの？」

「ええ」

「パソコンとかにコピーしてない？」

「してないわ。万が一、誰かに見られたら大変だから」

「じゃあ、これは処分させてもらうわね」

そのとき、貴美子が口を開きかけたのは、消去するのが惜しい映像があったからだ。お気に入りの子が自慰に耽るという、二度と手に入らないであろう貴重なもの。せめてそれだけは残してほしかった。

とは言え、そんなことを頼んだら、反省していないのかと怒らせるのは必至だ。ここは口をつぐむしかない。

しかし、惜しいものは惜しい。

「あと、吾潟さんが盗撮用のカメラを撤去したし、覗き穴も塞いでくれたわ。それから、秘密の入り口も鍵を付けたから、西脇センセはもう入れないわよ」

「はいはい。わかったから、もういいでしょ。これ、ほどいて」

貴美子は憮然として声をかけた。顔を横に向けていることもあり、体勢的にかなり苦しくなってきたのだ。一刻も早く楽になりたかった。

「まだダメ」

未悠が冷たく告げる。

「ど、どうして？」

「言ったでしょ。反省してもらうって」

彼女が近づいてくる。何をされるのかと胸を不穏に高鳴らせていると、タイトスカートのホックを外された。

「え、え？」

貴美子が焦りまくるのもかまわず、スカートが膝まで落とされる。さらに、パンストと下着までも、無造作に剝きおろされた。

「イヤイヤ、やめて」

着衣のまま下半身をあらわにされたのだ。しかも、尻を掲げたみっともない恰好で。後ろに回られれば、恥ずかしいところをばっちり見られてしまう。

おまけに、この部屋には男もいる。女装しているが、そっちの趣味ではなさそうである。

「じゃ、お仕置きさせてもらうわ」

無情な宣告に、目の前が真っ暗になる。女装した男に犯されると思ったのだ。

次の瞬間、
パチン——。

鋭い打擲《ちょうちゃく》音が、高らかに響き渡る。続いて火が点いたように、臀部が熱くなった。同時に、強烈な痛みも生じる。

未悠におしりを叩かれたのだ。

「キャッ」

堪えようもなく悲鳴がほとばしる。まさかお仕置きがスパンキングだなんて。子供の頃だって、こんな折檻《せっかん》はされたことがないのに。

「まったく、教育者ともあろうひとが、悪いことをするなんて」

お説教をしながら、未悠は何度も尻を打ち据える。頭を下にした姿勢のせいか、脳天にまで痛みと衝撃が届き、貴美子は涙をこぼした。

「ご、ごめんなさい。ああ、ゆ、許してぇ」

泣きながらの懇願も受け入れられず、尻叩きの刑は長く続いた。

3

（やけに生き生きしているな）

熟女准教授にスパンキングをする未悠を、守介は引き気味に見守った。

彼女は目を輝かせ、嬉々として責めているのが窺える。心海をディルドーで弄んだときもそうだったし、もともとSっ気があるのだろうか。

もっちりして重たげな熟れ尻が、無数のモミジで赤く染まっている。すでに二十発も叩かれているのではなかろうか。

「いや……あああ、や、やめて──」

もはや貴美子は切れ切れに哀願するのみ。教え子でもある女子大生に、いいように翻弄されていた。

もっとも、これがエロチックな光景であるのも確かだ。

女子大に入るのだから、男のままではまずい。未悠に言われて、守介はやむなく女装することになった。もちろん、初めての経験である。

サイズの合う服は、未悠が用意してくれた。メイクも彼女の手によるものだ。

かなりの腕前のようで、予想した以上に愛らしく仕上げてくれたものだから、守介は鏡に映った己《おのれ》を見て、無性にドキドキした。このままだと、危ない道にはまってしまいそうだ。

さらに、下着まで女性用をあてがわれたのである。

そこまでする必要があるとは思えなかったのに、守介がブラジャーを着け、頼りない薄物に脚を通したのは、メイクの効果もあったのか。どうせなら完璧な女性になりたいと、無意識に求めてしまったらしい。

一方で、これはもしかしたら、洗濯室の忘れ物を盗んだ因果応報なのかと、自省的な考えも浮かんだ。

ともあれ、尻を叩かれて身悶える貴美子に劣情が募り、イチモツはパンティの中でふくらみつつあった。ただでさえ小さな下着で、勃起全体をカバーするのは困難である。陰嚢だって裾からはみ出し気味なのに。

ただ、男っぽい脚を隠すためにパンティストッキングも穿いていたから、最終的にスカートの前部分がわずかに隆起する程度で済んだ。

「ふう」

未悠がひと息つく。スパンキングが終わったようだ。

貴美子はソファーに突っ伏した姿勢でぐったりし、息をはずませている。責め苦から解放された安堵にひたっているのか。

しかし、お仕置きは済んでいなかった。

「こんなに赤くなっちゃって」

幾ぶん腫れた趣もある丸みを、未悠がすりすりと撫でる。くすぐったいのか、貴美子が小さく呻いた。

「じゃ、今度は気持ちよくしてあげる」

艶っぽく目を細めた女子大生が、准教授の真後ろに移動する。双丘に両手を添え、中心部分を覗き込んだ。

「ふうん。これが西脇センセのマンコか」

その声は、貴美子にも聞こえたはずである。恥ずかしいところをまともに見られたと知って、剝き身の臀部がピクッと震えた。

だが、スパンキングの苦痛が尾を引いていたらしい。抵抗できずにいる。

未悠がさらに顔を近づけた。

「うーん、やっぱり匂いが強いなあ」

眉間にシワを寄せたものの、熟女の性器臭が不快なのではない。その証拠に、目が笑っている。

(アソコの匂いが好きだって言ったの、本当だったんだな)

そして、少しもためらうことなく口をつけた。二十歳近く年上の、同性の秘苑に。

「ヒッ」

息を吸い込むような声が聞こえる。熟れ肌が粟立《あわだ》ったのがわかった。

「だ、ダメ」

貴美子がもがく。可愛い女子学生たちの日常を盗み見る歪んだ性癖の持ち主でも、こんな状況でクンニリングスをされるのは抵抗があるらしい。たとえ奉仕してくれる相手が、好みである愛らしい女の子であっても。

しかし、結局は未悠のテクニックに翻弄されてしまうのだ。

「あ、あああ、イヤ」

抗う声が弱々しくなる。息づかいがはずみ、すすり泣きが交じりだした。

ピチャッ……チュッ——。

舐め音と吸い音が聞こえる。その度に、成熟した下半身がビクンとわなないた。

「んふ、う、はあ……あ、くうう」

貴美子の喘ぎ声が艶めきを濃くする。もはや快感に抗えなくなっている様子だ。

女同士の口淫愛撫は、未悠が心海にするのを間近で見せられた。よって、初めてではないものの、あのときとは異なるいやらしさがある。真っ昼間で、大学の教官室という状況が、そんなふうに感じさせるのか。

ただ、仲間に入りたいのは一緒である。

(西脇先生、三十八歳ってことだけど、けっこう若く見えるよな)

それに、心海がひと目ぼれしただけあって、なかなかの美人だ。若い娘のエキスを吸うことで、若さと美貌を保っているのだろうか。

ともあれ、女子大生ばかりを相手にしてきたから、熟女とも体験したくなった。クンニリングスだけでなく、できればセックスも。

(え?)

守介は目を疑った。貴美子の秘部をねぶりながら、未悠が下を脱ぎだしたのである。穿いていたのはジーンズで、中の下着ごと若尻から剝きおろした。爪先からも抜いて、下半身すっぽんぽんになる。

光景のいやらしさが二倍になる。守介はゴクッとナマ唾を呑んだ。

彼女が熟れ園から口をはずす。こちらを向いて、

「ねえ、わたしのマンコ舐めて」

恥ずかしげもなく要請した。奉仕するうちに、自分もされたくなったというのか。とは言え、仲間に入りたかった守介には、願ってもないことである。いそいそと未悠の後ろに屈み込み、縮れ毛が囲む恥唇と対面した。

(……未悠ちゃんの匂いだ)

鼻腔に忍び入ってくるのは、前にも嗅いだかぐわしさ。あのときよりも淡いのは、出かける前にシャワーを浴びたためだ。

今日は寮ではなく、本来の未悠の住まいであるマンションから来た。守介は彼女の部屋でメイクをされ、女物の衣類に着替えたのだ。

そのとき、女っぽく変身したことに昂奮して、守介は勃起した。これではパンティに収まらないと、未悠がフェラチオで抜いてくれたのである。

そのあと、彼女はバスルームで汗を流した。

(ひょっとして、最初からこうするつもりで、アソコを洗ったんだろうか)

また生々しい恥臭を嗅がれたくないと。

熟女へのスパンキングとクンニリングスで昂ったのか、未悠は濡れていた。おかげで、本来のかぐわしさを取り戻しつつある。

それを深々と吸い込み、守介は陶酔の心地で女子大生のあわいにくちづけた。

「ンふっ」

熱っぽい息がこぼれ、若尻がビクンとわななく。

「あひッ」

貴美子の鋭い声が聞こえたのは、感じた未悠が強く吸ったせいではないか。

縦に連なっての、秘苑舐めのチェーン。端から見れば女三人だが、一番後ろは男である。射精して萎えたはずの牡器官は完全復活し、今やパンティからはみ出して、パンストのナイロンに先走りの粘液を染み込ませていた。

距離が近いから焦点が合いづらいが、守介は可憐なツボミ――秘肛を見つめていた。舌づかいに反応してキュッキュッと収縮するのが愛らしい。

そのため、ちょっかいを出したくてたまらなくなる。

(ここも舐めたら気持ちいいのかな)

思い立ったら、しないではいられない。守介は舌を移動させ、薄いセピア色に染まった放射状のシワをペロリと舐めた。

「むぅ」

未悠が呻く。咎めるような声音に、あ、まずかったかなと、守介は舌を引っ込めた。けれど、それ以上のクレームはない。

（だったらいいか）

再び舌を這わせると、秘肛がくすぐったそうにすぼまる。臀裂も鼻面を挟み込むように閉じたが、やめろとは言われなかった。

むしろ、若いヒップがなまめかしく揺れ出す。

（感じているのかもしれないぞ）

出かける前に洗ったのだし、抵抗感はないだろう。実際、その部分には汗の塩気がほんのり感じられる程度だった。

それでも、性器とは異なる場所であり、背徳感は著しい。守介はせわしなくすぼまる後穴を、舌先でくすぐり続けた。

「ああ、あ、ダメダメ、へ、ヘンになるぅ」

いよいよ極まったふうな嬌声が聞こえる。熟れたボディは完落ちが近いようだ。

「吾潟さん、もういいわ」

未悠に言われ、守介は顔をあげた。

（え、これで終わり？）

てっきり、貴美子を口淫奉仕でイカせると思ったのに。

「ヘンタイ」

出し抜けになじられて戸惑う。だが、未悠の頬がやけに赤いことに気がついて、アナル舐めのことだと察した。

「いや、未悠ちゃんのおしりの穴が、すごく可愛かったから」

弁明にも、彼女は眉間のシワを深くする。あるいは、感じたのを悟られまいと、取り繕《つくろ》っているのではないか。

「可愛いって、キタナイところなのに」

「でも、部屋を出る前に洗ったんだよね」

「それはそうだけど」

やはり排泄口だから、清めたあとでも抵抗があるようだ。

「それに、未悠ちゃんのからだに、汚いところなんてないよ」

「え？」

「ていうか、気持ちよくなかった？　できれば感じてほしかったんだけど」

この質問に、未悠は目いっぱいうろたえた。

「ば、バカッ」

涙目で罵ったから、やはり快感があったようだ。しかし、これ以上の追及は可哀想なので、そこでやめておく。

するとと、彼女が小さくため息をついた。

「……沙也加先輩が吾潟さんを好きなの、わかる気がする」

このつぶやきに、守介はきょとんとなった。

（え、どういうこと？）

おしりの穴を舐めたら、女の子に好かれるとでもいうのか。さっぱり訳がわからない。

ただ、名前が出たことで、従妹のことを考えざるを得なくなる。

（どうしてるのかな、沙也加——）

あのくちづけ以来、一度も顔を合わせていなかった。

逃げずに受け入れてくれたし、自ら牡の股間に手を這わせたぐらいだ。こちらに親しみを感じているのだろう。

だったら、どうしてあんなに敵意丸出しだったのか、そこがわからない。未悠が言ったように、自分を好いてくれているのならいいが、できれば彼女自身の口から本心を聞きたかった。

「バッグ取って」

「え？　あ、うん」

ソファーから離れ、未悠が持参したブランド物のそれを手渡す。中から取り出されたものに、守介は見覚えがあった。

「それって——」

「東城さんに借りたの。まあ、もともと西脇センセがプレゼントしたものらしいけど」

肌色で長い棒状の物体は、両側が亀頭を模したかたちになっている。女同士で愉しむために用いられる、双頭のディルドーだ。

(まさか、それで……)

密かに予想したとおりに、未悠が動く。ディルドーの一方を、自身の蜜穴に挿入したのだ。

「ああん」

と、甘い声を洩らしながら。

このために、守介にクンニリングスをさせたようである。後半は、アヌスばかり舐めてしまったが。

もっとも、しっかり濡れていたようで、かなり太い性具は中程まで難なく呑み込まれた。

「ふう」

未悠がひと息つく。下半身のみ裸で、中心で折れるようになっているディルドーを上向きにした姿は、男とも女ともつかない。まさにバイセクシャルの面目躍如か。

「西脇センセ、今度はおチンポを挿れてあげるわ」

この宣言に、貴美子がギョッとしたように振り返る。女子大生の股間ににょっきり生えたものを目にして、顔色を変えた。

「え、ええっ、どうしてそれを⁉」

自身がプレゼントしたものだから、当然知っているのである。心海ともこれを使って、快感に身をやつしたのであろうし。

貴美子の真後ろで、未悠が膝立ちになる。疑似男根の先を、濡れ園にこすりつけ、しっかり潤滑した。

「いや、やめてぇ」

使うのは初めてではないだろうに、熟女が脅えをあらわにした。

「どうして？　東城さんともこれで愉しんだんでしょ」

「で、でも……それ、感じすぎちゃうから」

かなりの悦びが得られると知っているから、怖じ気づいたのである。ふたりの前で、はしたない姿を晒してしまうと。

「だったら好都合だわ」

不敵な笑みを浮かべた未悠が、腰を前へ送る。光沢のあった性具はすべりもよかったのだろう。一気に女芯を貫いた。

「うがぁあああああっ！」

貴美子が雄叫びをあげる。いや、この場合は雌叫びなのか。

著しい反応に気圧されて、守介は反射的に後ずさった。教官室は防音仕様だと、前もって未悠に聞かされていなかったら、誰かに聞かれるんじゃないかと焦りまくるところだ。

「あ、あがっ、ぐふ」

心海がイキまくったとき以上にケモノじみた呻きをこぼし、拘束された熟女がビクッ、ビクッと痙攣する。ただ挿入しただけで、抽送などしていないのに。

(あれってそんなに気持ちいいのか？)

装いこそ女性でも、守介には試すことができない。まあ、男女の関係と一緒で、相性がいいということなのだろう。

「すごく感じてるみたいね。それじゃあ、天国に送ってあげる」

この場合は、快楽の境地という意味である。だが、あまりに激しいよがりっぷりに、文字通りに昇天するのではないかと心配になった。

ディルドーを装着した若腰が、前後に振られる。ふたりのあいだに、濡れた肌色棒が見え隠れした。

「ああ、あああああっ、だ、ダメダメぇ、え、えっ、えぐッ」

嗚咽というよりも、嘔吐《おうと》じみた喘ぎ声。愉悦の波が体内で抑えきれず、口からこぼれているかのよう。

(東城さんと寮でしたときも、こんなに感じまくっていたんだとしたら、声が響いたのも当然だよ)

まあ、そのときは、ある程度よがり声を抑えていたのだろう。でなければ天井裏伝いどころか、そのまま廊下にまで聞こえてしまう。

そんなことを考えるあいだに、未悠の腰づかいが速度を増す。

「お、おほっ、おぐ、ぐふぅうう」

熟れた女体が歓喜に翻弄され、喉が潰れそうな声を洩らす。むっちりした太腿がプルプルとわななないていた。

四十路《よそじ》近い年だけに、肉体も性感も成熟しているわけである。感じ方が派手なのは当然かもしれない。

（でも、男性経験はあるのかな）

守介はふと気になった。

貴美子はこの紅薔薇女子大学出身で、白薔薇寮にもいたという。さらに、同じ大学で教鞭を執っている。

寮時代にレズを教え込まれたのではないかと、未悠は推測していた。事実かどうかは定かでないものの、女だけの世界に長くいて、好きな相手も同性なのである。男と付き合った経験はなさそうだ。

また、お試しでセックスしてみようなんて、横道に逸れる行動をするタイプとも思えない。寮のリフォームを変更させ、自らの欲求を実現させるほどなのだ。やはり一途に女性を求めていると考えられる。

それでもセックスをすれば、心海のように感じるのだろうか。疑問に思ったとき、未悠がピストンを停止する。

絶頂していなかったはずなのに、貴美子は力尽きたようにぐったりとなった。それだけ強烈な快感を味わっていた証《あかし》だ。

「あん、すべる」

蜜穴から引き抜かれたディルドーは、全体に白い吐蜜をまといつけていた。

自身の膣からも抜こうとして、未悠が眉をひそめる。粘っこい愛液がたっぷり付着しているせいで、うまく握れないのだ。

結局諦めて、守介に向き直った。

「吾潟さん、来て」

呼ばれて、ディルドーを抜いてほしいのかと守介は思った。ところが、そばに行くと、

「おチンポ挿れてあげて」

思いもよらなかったことを頼まれる。

「え、いいのかな」

「いいも悪いもないわ。やるべきなのよ。西脇センセに反省を促すためにも」

男と交わることで反省するのか、甚だ疑問である。それが顔に出たようで、未悠が言葉を継いだ。

「男の良さがわかれば、好みの女の子を狙って暴走することもなくなるだろうし、大学の先生ならもっと広い世界を知るべきだと思うの」

それは確かに一理あると、守介は納得した。だが、問題がひとつある。

(男の良さなんて、おれに教えられるんだろうか)

未悠の股間に聳《そび》え立つディルドーは、男の自分ですら怖じ気づくほどに巨大である。心海が愛用していたものと比較しても、ひと回り以上もサイズが上回っていた。

それで貴美子は、あそこまでよがらされたのだ。粗チンとまで言わないけれど、サイズの劣る己身で熟女を感じさせられるとは、到底思えない。

（確かに、東城さんは感じてくれたけど……）

あとはナマ身のペニスのポテンシャルに期待するしかない。

「じゃあ、やってみるよ」

「うん。お願い」

守介がスカートのホックを外そうとすると、未悠が止めた。

「服はなるべく脱がないようにして。そのほうが、女同士がしてるみたいで、西脇センセも抵抗を感じないと思うから」

そういうものかなと首をかしげつつ、彼女の指示に従う。

スカートをたくし上げ、パンティストッキングに包まれた下半身をあらわにすると、肌色のナイロンに剛直が透けていた。小さな下着がかろうじて隠すのは陰嚢と、強ばりきった肉竿の根元のみだ。

「すごく勃ってる」

未悠が悩ましげに眉根を寄せたのは、パンストに透ける牡器官が、より卑猥に映ったからではないか。

「これは脱がなくていいわ」

彼女は薄いナイロン生地に指を引っ掛けると、前の部分をビリッと破いた。そこから秘茎を摑み出す。パンティは穿いたままで、少しずり下げただけだった。

「これって、すごくエッチだね」

女性の装いで、股間に本物のペニスを聳え立たせているのだ。守介も自身を見おろして、妙にゾクゾクした。男なのか、それとも女なのか、アイデンティティーを見失ってしまいそうである。

(この恰好で、西脇先生とセックスするのか)

面白そうだと、俄然やる気になった。

快感の余韻にひたる貴美子がソファーに突っ伏し、こちらを見ていないのをいいことに、未悠の代わりにソファーに上がる。太いディルドーを挿入された名残で、ぽっかり空いた洞窟を見せつけているところに、肉の槍をあてがった。

「いいわよ。挿れて」

小声で命じられ、勢いよく腰を送り出す。

「ほぉおおっ！」

ぐったりしていた熟女が、すぐさま反応する。しかし、さっきと感触が異なると、間を置かずに気がついたようだ。

「え？」

腕を後ろ手に縛られた不自由な体勢で、どうにか背後を振り仰ぐ。ヒップの向こうに守介がいるのを認めるなり、何を挿入されたのか理解した。

「イヤイヤ、ぬ、抜いてぇ」

身を揺すり、蜜穴をすぼめる。中に入ったモノを押し出そうとしたのか。

「ふうん。西脇センセもバージンだったんだね」

わかっていたくせに、未悠が意外だという口振りで言う。

「そ、そうよ。わたし、男となんかしたくないんだから」

「吾潟さんは、今は女になってるんだけど」

言われて、貴美子の抵抗が弱まる。女装した男だとわかっていても、うまく変身しているおかげで、受け入れていいかもという心境になったのか。

今のうちにと、守介は腰を前後に振った。大きな振れ幅で分身を出し挿れする。

「う――うぐっ、うふふぅ」

さっきのような野太い喘ぎがこぼれる。感じているのだとわかり、ピストンが勢いづいた。

ぢゅぷり——。

内部に溜まっていた愛液が、脇から押し出される。守介が腰をぶつけると、穿いていたパンストとパンティに染み込んだ。

「い、いいいい、オマンコいいッ」

禁断の四文字を口にして、貴美子が「おふおふ」と喘ぐ。ディルドー同様に、ペニスも気に入ってくれたようだ。

もっと乱れさせるべく、守介は力強い腰づかいで女膣を抉った。

「ああん、すごくやらしいのぉ」

艶めいた声が横から聞こえる。そちらを見ると、向かい側のソファーに腰掛けた未悠が、双頭の性具を蜜穴に出し挿れさせていた。表情をうっとりと蕩けさせて。

(オナニーしてるのかよ!?)

彼女の目には、淫靡なレズシーンに映っているのではないか。これが見たくて、守介にセックスするよう促したのかもしれない。

いやらしいのはそっちだと、声に出さず言い返す。大胆すぎる自慰行為にも煽られて、抽送の速度が上がった。

ぢゅッ、ぢゅッ、ぢゅッ――。

卑猥な濡れ音が、粘っこいリズムを奏でる。

「おっ、おふっ、う――ぐぐぅ、も、もっとぉ」

ディルドーでピストンされたときと同じように、貴美子は愉悦にまみれていた。低い声でよがり、尻を上下左右に振り立てる。

「西脇センセ、おチンポも気持ちいいでしょ」

未悠の問いかけに、彼女は頭をガクガクと上下させた。

「ず、ずごくいい。あ、あひっ、感じるぅ」

熟女の内部が強く締まる。守介は悟った。入るモノの大きさは関係ないのだと。小さければ、受け入れる側の穴がすぼまるのだから。

臀部にさざ波が立つほどに、勢いよく腰をぶつける。尻ミゾに見え隠れする肉色の器官に、泡立った白濁汁がまといついていた。

「ち、チンポ……ああ、こんなによかったなんてぇ」

未悠が画策したように、貴美子は男の良さに目覚めてくれたようだ。なおも攻め立てれば、息づかいがハッハッと荒くなった。

「おお、おお、い、いぐぅ」

どうやら頂上のとば口を捉えたらしい。

「いぐっ、ううう、いくいくいぐぅ」

縛めをものともせず、彼女が全身を暴れさせる。「うぐっ、ううう」と唸り、四肢を硬直させた。

（イッたんだ）

しかし、これで終わりではない。心海にそうしたように、貴美子も連続でイカせるつもりだった。悶絶し、ヨダレを垂らすまで。

「あああああ、イヤイヤ、い、イッてるのぉおおおっ！」

守介がピストン運動を続けていることに気がつき、熟女が髪を振り乱してよがる。

だが、オルガスムスの波には逆らえない。

「おおお、ま、また来る、来る、ぎもちいいの来るぅ」

間を置かずに昇りつめ、四肢を痙攣させる。「おっ、おっ、おっ」と息が詰まりそうな声を洩らして。

「ああん、わ、わたしもイッちゃう」

未悠の愛らしいアクメ声も耳にしながら、守介は一心に腰を振り続けた。

第五章　一途な処女の初体験

1

日曜日――。

休日はいつもそうであるように、お昼近くまで惰眠《だみん》を貪っていると、安アパートのドアがノックされた。

（……ん、誰だ？）

半覚醒のぼんやりした頭で、守介は蒲団《ふとん》から這い出した。

最近、通販で買ったものはない。訪問客の予定もない。おそらくつまらない勧誘の類いだろう。

（ひとの睡眠を邪魔しやがって。民事裁判に訴えてやろうか）

くだらないことを考えながらよたよたと玄関に進み、「どなたですかぁ」と声をかけながらドアを開ける。外通路にいた人物を認めるなり、きっちり五秒はフリーズした。

(え、どうして？)

意外すぎる訪問客は、従妹の沙也加であった。そもそも、ここに住んでいることは知らないはずなのに。

「伯母さんに聞いたの。お兄ちゃんの住所」

ポツリと告げられ、そうだったのかと納得する。

「あ、ああ、そうか」

「入っていい？」

「もちろん。あ、ちょっと待って」

守介は慌てて六畳間に戻ると、敷きっぱなしだった蒲団をたたんで部屋の隅にどかし、放ってあった衣類も片付けた。Tシャツにブリーフのみというみっともない姿だったことに今さら気がつき、ジャージズボンを穿く。

「お待たせ」

玄関にとって返し、沙也加を招き入れる。六畳の和室以外は小さなキッチンとユニットバスしかないから、迎える場所など選べない。

「はい、これ」

座布団を勧めると、彼女は「ありがと」と礼を述べ、ちょこんと正座した。

近頃は寮での軽装しか目にしていなかったが、今日はロゴ入りのパーカーにミニスカートと、いくらかおしゃれな装いである。ソックスは膝上まであるロングタイプで、そこだけ肌が見えている太腿がやけに眩《まぶ》しい。

寝起きの頭がようやく冴えて、不意に守介は思い出した。

（あれ、さっき、お兄ちゃんって呼ばなかったか？）

今になってどうしてと疑問を覚えたとき、

「ありがとう」

改まって頭を下げられ、守介は面喰らった。

「え、何のこと？」

「……未悠ちゃんに聞いたの。お兄ちゃんが、寮に仕掛けられていた盗撮の機械を見つけて、全部処分してくれたって」

「ああ」

「わたしの部屋も盗撮されてたみたいで、何を見られたんだろうって怖くなったんだけど、中身とか調べずにデータを全部破棄したって言われて、安心したんだ」

オナニー場面を盗撮されたことを、沙也加には黙っていたようだ。そんなことを知ったら、きっと傷つくに違いないから。

「それから、ごめんなさい」

出し抜けに謝られ、大いに戸惑う。

「え、え、今度は何？」

「お兄ちゃんがわたしたちのために頑張っていたことも知らないで、ずっと生意気な態度を取ってたから」

「ああ……」

呼び捨てにしたり、罵倒したり、敵意を剝き出しにしていたことなのだ。あれを素直に反省したらしい。

「いいよ、気にしてないから」

「わたしは気にするの」

「どうして？」

「……あれは、わたしの本心じゃなかったから」

どういう意味かと目をぱちくりさせると、沙也加が打ち明ける。

「わたし、寮でお兄ちゃんと再会できたとき、すごくうれしかったの。でも、ずっと会ってなかったし、最後に会ったのって、わたしが中学生のときだよね。あの頃って、お兄ちゃんと顔を合わせるのが何だか照れくさくなって、話しかけようともしなかったし、それで距離ができたっていうか」

「しょうがないよ。そういう年頃なんだし」

「だけど、わたし、本当はお兄ちゃんと仲良くしていたかったの。なのに、素直になれなくて……」

思春期を迎え、異性を意識するようになったせいで、子供のときと同じように従兄と接することができなくなったのだろう。そのため関わりを恐れて、避けてしまったのだ。

「そういうのって、誰にでもあることだよ。おれだって、沙也加ともっと話したかったけど、女の子だからって意識して、声をかけるのをためらったんだ」

「……そうなの？」

「うん。沙也加はますます可愛くなってたし、もうおれなんか相手にしてくれないんだろうなって、卑屈になってたところもあったんだ」

「え、そ、それって」

期待に満ちた面持ちで、彼女が膝を進めてくる。

「お兄ちゃんは、わたしをひとりの女として見てたってことだよね。従妹とか、妹みたいな存在とか、そういうんじゃなくって」

守介がどぎまぎしたのは、「女」という単語がやけに生々しく聞こえたからだ。

「いや、まあ、たぶん」

「どっち？　はっきりさせて！」

詰め寄られ、ままよと本心を告げる。

「ああ、女として見てた。今だってそうだし、だからあのときも、キスせずにいられなかったんだ」

沙也加の頰が紅潮する。うろたえたように目を泳がせたのは、寮の廊下で唇を交わしたときのことを思い出したからだろう。

それから目を潤ませ、クスンと鼻をする。

「……わたしだってそうだよ」

「え？」

「お兄ちゃんは、わたしにとって大切なひとで、ずっと好きだったんだもん。だからキスされたときも、うれしくて舞いあがっちゃって、あんなことを――」

純情一途な女子大生が、両手を腿のあいだに挟んでモジモジする。従兄の股間に触れたのは、気が昂っての行動だったのか。気持ちが通じたと思い、二度と離れまいという意識が働いて、大胆なことをしてしまったようだ。

「まあ、あれはおれもびっくりしたけど。もしかしたら、沙也加は男に慣れているのかなんて考えたし」

これに、彼女がキッと睨んでくる。鋭い眼差しに守介は気圧され、のけ反った。

「お兄ちゃん、ひどい。わたしはお兄ちゃんだけなんだから。キスだってあれが初めてだったんだし、まだ処女なんだからね」

そこまで言って、またうろたえる。気持ちが先走って、余計なことまで口にしたのがわかったのだろう。

(ああ、くそ、可愛い)

守介は身悶えしたくなった。こんないい子にずっと想われていたなんて、男冥利《おとこみょうり》に尽きるというもの。

貴美子が謀《はか》った盗撮や覗きについては、本人にも宣告したように、表沙汰にしなかった。

女装した守介に何度も絶頂させられ、最後には失禁までした准教授は、二度としませんという誓約書を素直にしたためた。ちゃんと反省したようだし、心を入れ替えてくれるだろう。これからは男とも付き合いたいと、別れ際に言っていた。

ただ、新たな趣味に目覚めて、覗きや盗撮とは異なる行ないに出るかもしれない。たとえば、可愛い男の子を誘惑して女装させ、両性的な相手とのセックスに耽溺するとか。美人だから、従順な異性を捕まえるのは容易なはず。

まあ、無理強いではなく、相手が承諾すれば問題ない。

ちなみに心海は、貴美子への恋慕がすっかり冷めたようだ。新たな同性パートナーを見つけるのか、それとも男に鞍替《くらが》えするのかまではわからない。

管理人の佐巻女史には、怪しい声は天井裏に響いた寮生たちの会話であり、水漏れは結露のためだと説明した。そして、どちらも対処したから問題ないと伝えた。

かくして真実を知っているのは、悪事の根源たる貴美子と心海を除けば、守介と未悠だけである。ただ、寮生のために他言無用と約束したのに、未悠は沙也加に喋ったらしい。

(おれが頑張ってたって宣伝して、沙也加とくっつくようにしてくれたのかな)

おそらくそうなのだ。どれだけ感謝してもし足りない。

せっかくお膳立てをしてくれたのである。ここは是非とも相思相愛の関係にならねばならない。心だけでなく、肉体も。

「沙也加――」

名前を呼ぶと、彼女が肩をピクッと震わせる。こちらが言おうとしていることを察したのだろうか。

「なに？」

「このあいだの続きをしてもいいか？」

「……このあいだって？」

「寮の廊下でキスしただろ。その続きだよ」

沙也加が俯《うつむ》く。返事がなかったものだから、守介はまずいと焦った。

（さすがにいきなりすぎたか）

からだ目当ての軽い男なのかと、軽蔑されたかもしれない。

間を置いて、沙也加が顔をあげる。守介の目をじっと見つめた。

「わたしは、そのために来たんだよ」

一途な思いの溢れる眼差し。ふたりの気持ちは一緒だったのだ。

喜びと、妙な息苦しさの両方を感じながら、守介は無言でうなずいた。

2

さっきたたんだ蒲団を敷き直して、守介ははたと止まった。

(あれ、どうすればいいんだ?)

抱き合うのなら寝床が必要だろうと準備したのである。これがベッドなら、並んで坐って語らい、気分が高まったところで押し倒すなんて展開が考えられる。

しかし、蒲団ではそうもいかない。並んで坐るのは間が抜けているし、いきなり寝るのも即セックスという感じで、著しく趣に欠ける。

そもそも、彼女にどう声をかければいいのだろう。

こんなことなら洋間のアパートにすればよかったと、守介は悔やんだ。そうすればベッドを置いて、こんなときも自然な流れで抱き合えたのである。

(ていうか、部屋がどうこうじゃなくて、おれが情けないのか……)

こんなとき、女性に慣れた男なら、蒲団だろうがベッドだろうが関係なく、女性をスマートにリードできるのであろう。片や、女子大生三人に熟女准教授と、短期間でセックスの経験を積んだ守介であるが、これでは男としてまったく成長していないではないか。

劣等感にも苛まれたとき、坐っていた沙也加が腰を浮かせた。

(え？)

いきなりだったので、守介は焦った。自分の腑甲斐なさにあきれ、彼女が愛想を尽かしたのかと思ったのだ。

沙也加が服を脱ぎ出す。それも、寒い日に風呂へ飛び込むときみたいな素早さで。

守介が目を疑い、まばたきをしたときには、彼女は蒲団の中にすべり込んでいた。

目の前で全裸になったはずなのに、記憶に残ったのはぼんやりした残像だ。

(……嘘だろ)

立ち尽くす守介の耳に、くぐもった声が聞こえた。

「お兄ちゃんも、早く脱いで」

それを聞いて、反射的に動く。守介も急いで素っ裸になると、沙也加の待つ蒲団の中へ入った。

(結局、またリードされることになっちゃったな)

と、幾ばくかの情けなさを覚えながら。しかも、相手はバージンなのに。

沙也加は即座に抱きついてきた。

（ああ）

肌のなめらかさと女体の柔らかさ、それから、蒲団の中にこもる甘い香りに、守介はうっとりした。これを官能的と呼ばずに、何と表現すればいいのか。

それにしても、さっきまで自分が眠っていた蒲団である。男くささが染みついているはずなのに、今や女体の甘ったるいかぐわしさに支配されていた。

（女の子って、すごいんだな）

男の荒さや品のなさを打ち消す力がある。どう足掻いても敵わない存在だと思い知らされた気がした。

よって、リードされるのは必然なのかもしれない。

「沙也加――」

名前を呼び、唇を重ねる。せめてキスぐらいは自分からと思ったのだ。

「んぅ……」

歓迎するようにふんふんと鼻息をこぼし、従妹が身をくねらせる。舌を差し入れると、自分のものをすぐに絡めてきた。

（キスってこんなに気持ちいいのか）

真穂や未悠とも唇を交わしたが、沙也加とのくちづけが最も快い。大切な女の子であり、彼女のほうも心から慕ってくれているとわかるから、深い一体感がある。

わずかに汗ばんだ背中を、守介は慈《いつく》しむようにさすってあげた。

蒲団の中で抱き合うなり、ペニスは膨張を開始した。すでに最大限の大きさになっており、雄々しく脈打っている。

疼くそれを、本当は柔らかボディにこすりつけたかった。けれど、これが初体験の沙也加を怖がらせるかもしれないと、腰を引いていたのである。

そのせいで、彼女もさわりやすかったようだ。

「むふッ」

太い鼻息がこぼれる。柔らかな指が、強ばりきった筒肉に巻きついたのだ。

呼吸がしづらくなって唇をはずすと、濡れた目が間近にあった。

「お兄ちゃんの、大きくなってる」

全体の形状を確認するように指が動く。敏感なくびれにも触れたものだから、腰がビクッとわなないた。

「沙也加のことが大好きだっていう証拠だよ」

「……うれしい」

はにかんだ笑顔に、胸が狂おしく締めつけられる。今度こそという思いが強まり、守介も背中の右手を下半身に移動させ、秘苑に指を這わせた。

細い秘毛が絡みつく。量はそれほど多くない。

「恥ずかしい」

沙也加がつぶやく。だが、眼差しには期待の色も浮かんでいた。

(さわってほしいんだな)

経験はなくても、彼女だって大人の女なのである。好きな男と歓びを交わしたいと思うのは自然なことだ。

さらに深い場所へ指を差しのべると、濡れた窪地があった。

「ひッ」

息を吸い込むような声。内腿がギュッと閉じられた。

「沙也加のここ、濡れてるぞ」

「い、言わないで」

「なあ、自分でさわることってあるのか」

品のない質問をしてしまったのは、あの盗撮映像をふと思い出したからだ。だが、そんな恥ずかしいことを答えられるわけがないとすぐに気がつき、

「おれはあるよ。自分ですること」

と、先に告白した。

「……うん、ある」

泣きそうな顔で、沙也加が打ち明ける。わかっていたのに、無性にドキドキした。

自分でするとき、どんなことを思い浮かべるのか。そのことも確かめたかったがやめておいた。知っているのに白状させるなんて悪趣味すぎる。

「お兄ちゃん」

「ん？」

「もう自分でしないで」

「え、どうして？」

「……わたしがしてあげるから」

大胆すぎる申し出に、胸が熱くなる。住んでいるところが違うのだし、欲望処理をすべて委《ゆだ》ねるなんて不可能だとわかっていながら、

「うん、頼むよ」

守介は了承した。だが、気になることがある。

（男がほぼ毎日オナニーをしてるって、沙也加は知らないんじゃないか？）

だから無謀とも思える約束をしたのではないか。それからもうひとつ、

「でも、してあげるって、手で？」

もしかしたら、セックスをしないつもりなのか。

「ううん」

沙也加がかぶりを振る。手にした屹立を強く握った。

「わたしの中で、気持ちよくなってほしい」

性愛行為を示唆する発言に、喜びがこみ上げる。

「うん。おれもそうしたい」

「でも、生理のときや、あと、危険日でゴムがないときはダメだけど」

やけに具体的な話をされて、守介は無性にドキドキした。まだ結ばれる前なのに、本当に親密な間柄になれたのだと思った。

「じゃあ、そのときは手で？」

彼女はちょっと考えてから、耳元に口を寄せてきた。

「あと、おクチでも」

告げてから、からだの位置を下げる。意図を察して、守介は仰向けになった。

沙也加が掛け布団をまとったまま移動したので、守介は裸身を晒すことになった。

けれど、少しも寒くない。淫らな期待に、全身が火照っていたからだ。

（だけど、本当にするつもりなのか？）

行動は大胆でも、このあいだファーストキスをしたばかりのバージンなのだ。フェラチオなんて、かなりハードルが高いだろう。

気に懸ける一方で、してほしいという欲求も高まっていた。

はち切れそうにふくらんだ亀頭に、温かな息がかかる。その部分に、彼女の顔が近づいていた。

寝る前にシャワーを浴びたから、それほど汚れていないはずである。けれど、不浄の器官を処女にしゃぶらせるのだ。罪悪感と背徳感が同時に湧きあがった。

チュッ——。

包皮の継ぎ目あたりにキスをされ、守介は腰を震わせた。

（ああ、本当に……）

するつもりなのだとわかって、身を任せたい心持ちになる。だが、沙也加は何も経験がない。自ら買って出たとは言え、そこまでさせるのは残酷ではないか。

迷うあいだにも、舌が粘膜をてろてろと舐め回す。

「あうう」

くすぐったい快さに呻き、守介は反射的に腰を浮かせた。そのせいで、肉槍の穂先が清らかな唇を犯す。

「んふ」

入り込んだ丸い頭部を吐き出すことなく、沙也加は飴玉みたいにしゃぶった。文字通り、味わうかのごとくに。

初めてゆえ、技巧など期待できない。にもかかわらず、涙ぐみたくなるほどに気持ちよく、息づかいがはずんだ。

(ひょっとして、おれにこうすることを夢見て、練習していたんだろうか)

未悠がディルドーで研鑽《けんさん》を積んだのと同じように。

いや、そうではないと、守介は悟った。快感が大きいのは、舌づかいに情愛が込められているためなのだ。愛撫の名のごとく、牡の猛りを愛《いと》おしんでいるのがわかる。

だったら自分も同じように、彼女を愛してあげるべきだ。

守介は上半身を起こすと、処女の裸身を隠している掛け布団を剝いだ。

「キャッ」

沙也加がペニスを吐き出し、小さな悲鳴を上げる。あらわになった肌を少しでも隠そうとしてか、からだを急いで丸めた。

「おれも沙也加を気持ちよくしてあげたい」

誠意を込めて訴えると、戸惑った目が見あげてくる。

「……え？」

「いっしょにしよう」

逆向きで上に乗るよう促すと、彼女はさすがに抵抗を示した。そんなことをしたら、秘められたところをばっちり見られてしまう。

「沙也加はおれのを見てるんだし、おれにも見せてほしい」

対等の関係になるよう求めたことで、渋々ながら受け入れた。

「あ、あんまり見ないでよ」

泣きそうな顔で言われ、「わかった」と返事をしたものの、確約はできない。そもそも下半身に目がないのだから、どれだけガン見しようがバレる心配はないのだ。

沙也加が膝で胸を跨ぎ、怖ず怖ずとヒップを差し出す。

ぷりぷりした肉感が伝わってくる双丘は、熟れたての白桃を思わせる。綺麗なかたちの丸みが、美しくもいやらしい。胸のときめきが抑えられない。

そして、魅惑の羞恥帯にも、目と心を奪われた。

（沙也加のオマンコだ――）

濃すぎる体験を経てきたからか、胸の内で卑猥な言葉をつぶやく。特にチンポマンコとさんざん口にしてきた未悠の影響かもしれない。

今し方触れたばかりの恥苑は、花弁のはみ出しがわずかである。皮膚も色素の沈着が少なく、秘毛の薄さもあってあどけない眺めだ。秘肛もシワが短く、まさにツボミのよう。

ただ、秘肉の裂け目がじっとりと濡れ、光を鈍く反射させていた。

ここへ来る前に、沙也加がシャワーを浴びたであろうことはわかっていた。ボディソープとシャンプーの香りがしたからだ。

けれど、濡れた陰部は彼女本来のかぐわしさを取り戻していた。ほんのりチーズの風味を含んだ秘臭が、鼻腔にむわむわと忍び入ってくる。

それをもっとダイレクトに感じたくて、若腰を摑んで引き寄せた。

「あ、ダメッ」

沙也加が抗ったときには、つきたてのお餅みたいな臀部と、顔が完全密着していた。鼻面が肉の谷に入り込み、蒸れた汗の匂いを嗅ぎ取る。

(ああ、素敵だ)

守介は一瞬で陶酔に陥った。

「待って。まだ心の準備が」

彼女が腰を浮かそうとしたのを阻止して、湿った裂け目に舌を差し込む。

「はひっ」

艶声が洩れ、顔に乗った若尻がギュッと強ばった。

「あ――ああ」

女芯をねぶられ、沙也加が切なげな声を洩らす。牡の屹立に両手でしがみつき、熱い吐息を亀頭に吹きかけた。

（ああ、美味しい）

舌に絡む愛液は、粘りがあってほんのりしょっぱい。なのに、この上なく甘露だと思った。

「お、お兄ちゃん……あああ、そ、そこぉ」

敏感な秘核を狙われたものだから、感じる声が大きくなる。そこは早くも硬く尖り、フード状の包皮を脱いでいた。

（けっこうオナニーをしてるのかも）

発育具合の顕著な秘核に、そんな想像をする。頻繁に触れているから大きくなり、感度も上がったのではないか。

そのときには、どんな想像をしていたのだろう。頭の中では、想いを寄せていた従兄に、処女を捧げていたのではあるまいか。それも、何度も。

これから、それが現実になるのだ。

沙也加がペニスにむしゃぶりつく。いやらしい声が抑えられなくなり、口を塞ぐためそうしたのかもしれない。

けれど、しつこく吸い舐められることで、息が続かなくなったようだ。

「ぷは──」

口をはずし、下半身をワナワナと震わせる。

「だ、ダメだよぉ、そんなにしたら」

すすり泣き交じりの訴えが、最終局面が迫っていることを教えてくれる。初めてのセックスで快感を覚えることはないだろうから、その前に最高の気持ちよさを与えておきたかった。

守介は舌を尖らせ、クリトリスをはじくようにねぶった。

「あ、あ、ああっ、あ──」

喜悦に抗い、沙也加が腰をよじる。だが、守介がしっかりホールドしていたため、逃げることはできなかった。

そのため、頂上へと追いやられてしまう。

「あ、あふっ、い、イッちゃう」

オルガスムスが迫り、白く濁ったラブジュースが恥裂からトロトロとこぼれた。

「お、お兄ちゃん、ごめんなさい。わたし、もう」

なぜだか謝ったあと、彼女は昇りつめた。

「あああぁ、イクッ、イクッ、お、お兄ちゃぁぁあーん」

あの映像と同じく、従兄を呼びながらの絶頂。内腿で守介の顔を強く挟み、身を堅く強ばらせた。

「うーーううっ、くうぅ」

呻いて、肌のあちこちを痙攣させる。桃色のアヌスもキュッキュッとすぼまった。

未悠や心海、貴美子の派手なよがりっぷりを目の当たりにしたあとでは、おとなしいぐらいのアクメである。それだけに、純潔を守り通してきた一途な女の子であることを、意識せずにられない。

「ふは、ハッ、はあ」

ぐったりして息をはずませる従妹を上からおろし、蒲団に寝かせる。守介は添い寝して、髪を優しく撫でてあげた。

（おれ、沙也加をイカせたんだ）

昔から知っている女の子だけに、ようやくという思いが強い。そして、二度と離すまいと誓った。

閉じていた瞼が開かれる。濡れた瞳がこちらを見あげ、

「イッちゃった……」

愛らしくつぶやいた。

「すごく可愛かったよ、沙也加」

「やん」

恥ずかしがりながらも、その面差しは幸せに満ちている。彼女もやっと願いが叶って嬉しいのだ。

しかし、これで終わりではない。

ちんまりした手が怖ず怖ずとのばされ、いきり立ったままのペニスを握る。それは最大限の硬さと大きさを誇示していた。

「あん、すごい」

処女の表情に、わずかな怯えが浮かんだ。これを迎え入れる場面を想像したのだろう。

それでも怖じ気づくことなく、真っ直ぐに見つめてくる。

「これ、わたしにちょうだい」

「わかった」

ふたりは正常位で結ばれる体勢になった。

分身の尖端が濡れ園に触れている。守介のほうも先露をたっぷりこぼしており、潤滑は充分だ。

「自分でするときに、指を挿《い》れたことはある？」

問いかけに、沙也加は首を横に振った。

「だったら、痛いかもしれないぞ」

「平気だよ。お兄ちゃんといっしょだから」

健気な返答に、胸が熱くなる。

「じゃ、挿れるぞ」

「うん。来て」

沙也加が両脚を掲げ、牡腰に絡みつける。決して逃げない、逃がさないと、決心を示すかのように。

「沙也加、愛してる――」

直後に、ふたりはひとつになった。

出血は多くなかったものの、破瓜《はか》の痛みに沙也加は涙をこぼした。

守介は気遣いながら動き、せがまれて彼女の中に射精したのである。せっかくの初体験、お兄ちゃんのすべてを受け止めたいからと。そうするつもりで、安全日にこの部屋を訪れたのだ。

めくるめく境地に身を震わせ、守介は濃厚なエキスを幾度もほとばしらせた。その度にからだがビクンとわななくほどの、強烈な快感を味わいながら。体奥に広がる熱さを感じたのか、沙也加も身を震わせて呻いた。

*　　*　　*

深く結ばれたあと、ふたりは並んで仰向けになり、同じ天井を眺めた。互いの側にある手を繋ぎ、指をしっかりと絡めて。

今、この上ない幸福感がふたりを包んでいた。

「なあ、寮を出て、おれと暮らさないか？」

提案すると、彼女が驚きを浮かべてこちらを見る。

「ここだと狭いから、もう少し広いアパートを借りてさ」

愛しい女の子と一緒にいたいのはもちろんのこと、寮にいると心配だという思いもあった。今回の盗撮事件は解決したものの、新たなトラブルが起こらないとも限らない。

それに、こうしてふたりが結ばれるよう協力してくれたけれど、未悠は沙也加を諦めたわけではなさそうだ。もしかしたら、三人で淫らなひとときを愉しもうと画策しているかもしれない。

それはそれで魅力的だったが、沙也加は受け入れまい。むしろ、自分たちの関係にひび割れが生じる恐れがある。

(沙也加は、おれをずっと想い続けてくれたんだ。おれもそれに応えなくっちゃ)

心に誓ったとき、

「本当にいいの？」

涙で潤んだ目が見つめてくる。喜びが顔いっぱいに溢れていた。

「もちろんだよ」

「うれしい、お兄ちゃん」

抱きつかれ、唇を重ねられる。情熱的なくちづけを交わすあいだに、守介の分身は再び力を漲らせた。

「おれだってうれしいよ。ほら」

いきり立ったモノを握らせると、沙也加が目を丸くした。

「すごい。もうこんなに」

「これからはこうなったら、沙也加がしてくれるんだよな」

さっき言ったことを確認すると、はにかんで口許をほころばせる。

「それよりも、ふたりでしたいな。もう一回――」

守介にも異存はなかった。

互いの感じるところをさわり、情愛を高めあう。粘っこい蜜をこぼす花園に、守介は硬くなったペニスを挿入した。

「ああん、お兄ちゃん」

沙也加が甘い声で啼《な》いた。


（了）

＊本作品はフィクションです。作品内の人名、地名、団体名等は実在のものとは関係ありません。

長編小説

ゆうわく女子寮《じょしりょう》

橘《たちばな》 真児《しんじ》

2024年2月7日　初版第一刷発行

ブックデザイン……………………… 橋元浩明(sowhat.Inc.)

発行所…………………………………… 株式会社竹書房

〒102-0075　東京都千代田区三番町8－1
三番町東急ビル6F
email：info@takeshobo.co.jp
https://www.takeshobo.co.jp

印刷・製本………………………… 中央精版印刷株式会社